# 王と緋の獣人

YUMO MIZUSHIRO
水白ゆも



CHOCOLAT BUNKO

ILLUSTRATION 円陣闇丸

C O N T E N T S

世界は一度、終末を迎えている。

かつてこの世界には、優れた文明と多くの人々が存在していた。機械というカラクリにより様々な物事を無人で成し遂げ、空を飛び、深海を潜る技術をも人々は得ていた。

しかしながら、空から舞い降りてくる、巨大で、多数の隕石《いんせき》に抗う術はなく、文明は焼け、人々も焼け、眠りについた。

当初、星の火から逃れた生存者も僅《わず》かながらあった。だが、彼らのほとんどは世界の喪失を嘆《なげ》き、家族を亡くし絶望し、やがて訪れた苦しくて長い冬に呑《の》み込まれた。

我が国、風樹国《ふうきこく》で生き残った人は三人であった。そのうち二人の男女は、運命的に巡り逢った。彼らは愛し合い、懸命に長い冬を生きて、子どもを授かった。

彼らこそが我が国の「人」の始祖《しそ》である。

一方、もう一人の女は運命に見放され、二人に出逢えなかった。代わりに一匹の犬に出逢う。そして彼女は犬と共に生き、長き時を経《へ》て、犬の仔《こ》を生んだ。

我が国における「獣人」の誕生である。

人と獣人は、離れた地にて、少しずつ数を増やした。人は人とのみ交わり知識を継承し、言語文明の維持を成す。そして集団を統率する役割を担《にな》う人——のちの我が国、初代国王陛下を決める。獣人は犬以外にも生存していた獣と交配をし、種族を多岐《たき》にした。

いにしえの我が国土は、縦に長い島国だったと考えられる。現在の豊かな緑と白い岩肌に覆われた丸い島国へ変化を遂げたのは、隕石の影響である。

人と獣人はそれぞれ北と南を拠点に生きていた。やがて住まいを広げるべく、国土の中心へ足を踏み入れ、人と獣人は、はじめて出逢いを果たす。

——風樹国創世記、序章より

うららかな春の昼下がり、宮殿裏手の木陰には、二つの人影があった。

一人は青年で、十五、六歳程度。輪郭《りんかく》はまろみを帯び、あどけなさを残しているものの、十四歳を成人とみなす風樹国では一人前の大人である。

一方、もう一人はまだ幼い少年で、背も青年の胸に、頭が辛うじて届くくらいしかなかった。

「いいですか、碧泉《あいぜん》様。ここから先、絶対に私の傍《そば》を離れてはなりません。宮殿下にはよからぬ輩《やから》や賊《ぞく》もいますから、絶対ですよ」

青年が身を屈《かが》め、強い口調で言った。碧泉と呼ばれた少年は、愉《たの》しげにくすくす笑いながら「誠《まこと》ってば、もう十回は聞いているよ、わかっている」と答えた。

碧泉が笑うたびにさらさらと黒髪が揺れた。額の中央でわけられ、顎《あご》の下で切り揃《そろ》えられたそれは、思わず手を伸ばして触れたくなる艶《つや》やかさだ。しかしそれ以上に、碧泉は人目を引くものを持っていた――、瞳《ひとみ》である。

左目は翡翠《ひすい》、右目は藍《あい》、左右異なる瞳はまるで生きる宝石のようで、はじめて見た人は、はっと息を呑む。そして碧泉は、瞳に相応《ふさわ》しい美貌《びぼう》も幼いながら兼ね備えていた。

くっきりとした二重、瞳を彩《いろど》る睫毛《まつげ》も長く天を向いて、唇は桜色で上品に薄い。少女と見まごう中性的な美しさ。零れ落ちた木漏《こも》れ日《び》がきらきら顔を照らして、光さえ碧泉の為に存在しているると思える光景だった。誠は眩《まぶ》しげに目を眇《すが》めた。

「約束ですよ。……それと、大変不躾《ぶしつけ》ながらも宮殿下では、いずみ、そう呼ばせて頂きます。碧泉様のお名前を呼ぶわけにはいきませんから」

「うん、構わない。ねぇ誠、それよりも本当に宮殿下にはたくさんの人がいるの？　道には店屋がたくさん出ているのは本当？　兄様が宮殿下に視察に行かれた際、お話して下さったのだよ」

「ええ、本当です。ご覧頂けばすぐにわかりますよ。さぁ、もうお顔を隠して下さい。瞳が見えていては、ご尊顔《そんがん》を知らぬ民にもお立場が知られてしまいますから……」

誠に促《うなが》されるまま、マントについたフードで頭を隠した。目深にかぶれば影になり、顔はもちろん瞳の色も判然としない。誠はそれを確認して、碧泉の手を引いた。

「それでは、行きますよ」

「うん！」

「……あの、このことは国王陛下と、青磁《せいじ》王子には、絶対に秘密ですよ？」

「わかっている。それも十回は聞いたよ。父様にも兄様にもないしょ。僕がどうしても行ってみたかったのだよ。だって、いずれ僕が治める国なのだから、知りたい」

風樹国第二王子、そして王位継承者である碧泉は弾む声で言った。春風がそれに応《こた》えるように優しく碧泉を包んだ。ちかり、髪と頬《ほお》の狭間で、滴形の耳飾りが光を反射した。

「ねぇねぇ、誠！　あれは何？」

「あれは干し肉です。あい……、こほんっ、いずみも召し上が……、食べたことがあるでしょう。食卓に並ぶ前はあのような形をしているのですよ」

「へぇ、知らなかった。あの人たちは？」

「あれは芸小屋ですね。芸を披露しているのですよ。踊り子ならば見たことがありますね？　それと似たようなものです」

誠に連れて来られた宮殿下には、碧泉の「知らない」がたくさん溢れていた。それもその筈《はず》だ。何しろ碧泉は七歳になる今日まで、一度も宮殿から出たことがなかったのだから。

石畳の道の両脇には様々な屋台がずらりと並び、商いをしていた。風見市《かざみいち》と呼ばれるここはいつだって賑《にぎ》やかで、国中から物と人が集まってくる。風樹国でもっとも栄えている場所と言っても過言ではなかった。

碧泉はきょろきょろと辺りを見回しては、気になる物を片っ端から誠に尋ねた。あれは何、これは何、どういうもの、もっと教えて。全てが新鮮でわくわくした。

「誠、あれは？　あのたくさんの布はどうするのだね？　敷布にでも使うの？　それともマントとして羽織《はお》るの？」

「あれは装束や鞄《かばん》を作る為の布ですね。もちろん、マントとしてそのまま使うこともあるかとは思いますが」

「ああ、仕立屋に渡す布だね」

「いえ、皆、自分で作るのですよ」

自分で作る？　そんなこと生まれてから一度も想像したことがない。思わず大きな声で「装束を作るの？　自分で？　宮殿下には仕立屋はいないの？」と訊《き》いた。すると誠が慌てた様子で、しーっ、と顔の前に人差し指を立てる。理由はわからないが、どうやら大声で尋ねる内容ではなかったらしい。幸い、賑々《にぎにぎ》しい市場で、他に聞き咎《とが》める人はいなかったけれど。

誠は辺りを見回して声をひそめ、教えてくれた。

「ええと、ですね……、仕立屋に頼むのは、値が張るのですよ。ですから富裕層以外のほとんどの民は、布を買って自分で仕立てるのです」

碧泉はまじまじと自分の装束を見た。長袖《ながそで》の腿《もも》まである上衣に、二股に分かれ脚をぴったり包む下衣、上下共に色は生成《きなり》で、腰紐《こしひも》だけ藍の染め糸が使われている。いつもよりずっと質素なそれらとて、仕立屋が碧泉の為だけに作った装束だ。もちろん、羽織っている若草色のマントも。

市場の民も皆、碧泉と似たような格好をしている。疑いもせず彼らもどこかで仕立てた物を着ているると思っていたのに、まさか自分たちで作っているとは。当たり前に与えられて育ってきた碧泉にとって、純粋な驚きだった。大きな瞳をまたたかせた。

「へぇ……、じゃあ、ここを歩いている民のほとんどは、自分で作っているのだね」

「そうでしょうね」

「すごいな、生きる力とは恐らく、そういうことを示すのだね。……あれ、誠、あれは何を売っているの？　たくさん、箱が並んでいるけれど」

小さな手で示した先には、一人の翁《おきな》がいた。翁のいる黒布で囲われた屋台の机上には、人の足くらいの大きさの木箱がいくつも並んでいる。蓋《ふた》が閉められ、中身は見えない。

碧泉は湧き上がる好奇心を抑えられず、誠の答えを待つより先に、手を引いて屋台の前へ行った。近付いて見ると、箱には文字が書かれていた。

「えっと、……寝坊をする可能性、盗みを働く可能性、人を殺める可能性？」

「おや、嬢ちゃん、あんたは字が読めるのかい？　賢い子だねぇ」

箱の字を読み上げると翁に声を掛けられた。はじめて会話する宮殿外の人だ。碧泉はぱっと顔を輝かせ「うん、僕、勉強は得意だもの」と答えた。

「ありゃ、嬢ちゃんじゃなくて坊ちゃんだったか。可愛らしい声で華奢《きゃしゃ》だから、てっきり嬢ちゃんかと思ったよ」

「僕は坊ちゃんという名前ではないよ。僕の名前は――」

「いずみ！　この子は私の弟のいずみです！」

慌てて誠が遮《さえぎ》った。焦《あせ》らなくても、碧泉と名乗る気などなかったのに。くすりと笑いながら「そう、いずみ。ねえ、これは何を売っているのだね？」尋ねれば、翁はにやりと口の端を上げた。笑い慣れていないのか、その笑みは引《ひ》き攣《つ》って不格好だった。

「未使用の封印剣さ」

「……ああ！　なるほど！　こういう風に売られているのだね！　ではあなたは、封印師なのだね」

翁は鷹揚《おうよう》に頷《うなず》き「一つどうだね。無論、どれもちゃんと王家の認証を得ているよ」と勧めてきた。皺《しわ》だらけの手が開けて見せた箱の中には、刃がない、剣の柄が一つ入っている。

封印師とは、まじないを商いとする人間だ。彼らは人々が抱くあらゆる「可能性」や「記憶」を、星の石と呼ばれる鉱石に封じることができた。封印師が星の石を両手で包み、封印したい願いを込める。その石を胸に押し当てると、たちまちその人から「可能性」や「記憶」は消えるのだ。また、封じた石を同じように胸に押し当てれば、与えることもできた。

いつも遅刻をしてしまう、そういう単純な悩みから、亡くなった恋人のことを思い出して生き辛い、深刻な悩みまで、人が持ちうる「可能性」や「記憶」、その人の中に存在するものであれば、星の石は何でも受け入れた。

もっとも絶対に持たない可能性や記憶、たとえば不老不死《ふろうふし》など、人としてあり得ないことや、どうあがいても避けられないことは、願いを込めた時点で星の石は砕《くだ》けてしまう。

封印師は風樹国において誰もが憧れ、誰もがなりたがる職業の一つだ。しかし、修行してなれるものではない。瞳の色が生まれつき決まっているように、持って生まれた素質が必要なのだ。

星の石自体は、どこにでも転がっている。国土の一部を覆う白い岩肌、それこそが星の石で、大半の建築物の主材料にも使われていた。宮殿もその一つである。人々の伝聞をまとめた風樹国創世記によると、いにしえに雨のように降った隕石の残骸《ざんがい》だと言われており、そこから星の石と誰かが呼びだしたのが定着している。

柄から刃が生まれ、剣になる瞬間を、碧泉は幾度か見たことがある。一見したら刃のないただの柄を、胸のちょうど心臓の上に接触させてから引き抜くと――、たちまち刃が出現するのだ。

碧泉には封印師の力はないから、一体どうしたら星の石から作られた白い柄に、不思議な力を宿らせられるのかわからない。いくら碧泉が両手で包んで念じても石は黙ったまま。けれど封印師として生まれた七歳年上の兄、青磁曰《いわ》く、触れると石が淋《さび》しいと訴えるのだと言う。願いを込めて、封印を入れてやると、満たされて静かになる。

もしかしたら、一度は滅びた世界の悲鳴なのかもしれない。だから空虚《くうきょ》を嫌い、中身を求めて、人が持つ可能性や記憶を食うのかもしれない。

全ては憶測でしかないけれども。

「……ねぇ、一番よく売れている封印剣はどれ？」

「そうさねぇ、寝坊防止の封印剣は中々人気だよ。値段も銀一枚。これ一本で信用の失墜がなくなるなら、安いものだろう？」

翁が机の端にある箱を指差した。あの中にも未使用の封印剣が入っているのだろう。封印剣の使用――すなわち実際に封じる作業自体は、まじないさえ込めてあれば、誰でもどこでも行える。だから多くの人が求める内容の封印剣であれば、あらかじめ作っておき、こうして露店でも販売できるのだ。

「ふぅん、そういうものなのだね。……ところで、いつも気になっていたのだけれど、これを刺《さ》す時に痛みはないの？」

翁は「封印するものによるね」と答えた。欠けた前歯が見えて、酸《す》っぱい臭《にお》いがした。

「その人の真理に近いものだと、多少なりと痛みはともなうが、なぁに、封じたことで死んだ奴はいないさ。ま、受け入れる器もないのに、刺して死んだ阿呆《あほう》は時折いるがね。だが坊ちゃんは聡明そうだから、そろそろ夜の方面を覚えてもいいんじゃないかね。わしは封じた剣も売っていてね、ある男が結婚する際に封じた、五人の女と同時に性行――」

「いいえ、いずみにはそのようなもの不要です！　いずみ、もう行きますよ！」

突然、誠が声を荒げた。肩を怒らせたまま、碧泉の手を引いてずんずん歩き出す。翁の屋台はまたたく間に、人ごみに紛《まぎ》れて見えなくなった。

「夜の方面って何のことだったのだね、誠」

「まだいずみにはお早いです。一切知る必要はありません」

子ども扱いにむっとした。でも、誠がこれほど怒るのも珍しくて、碧泉は追及をやめた。ただでさえ無断外出で誠は気を張っているのだ。ここは自分が折れるとしよう。

「誠は封印剣が嫌い？」

「……別に、嫌いではありません。ただ……、注意は必要だと思っています。封印剣を悪用した犯罪も、ありますから」

「ねぇ、誠。僕はね、封印剣を見るのが好き。何回見ても不思議で、綺麗《きれい》だと思う。封じられているものによって、刃が異なって見えるのも面白いもの」

「……まぁ、たしかに不思議ではありますね」

誠が小さく息を吐き、歩調を弛《ゆる》めた。それにあわせて碧泉は再び辺りを見回した。けれども封印剣を扱う店は、翁の店以外には見当たらなかった。

陽炎《かげろう》のように、ゆらゆら、でも、現実の刃として封じたものが現れる。刃は短い時もあれば長い時もあり、輝く色合いも違う。人の胸から徐々に刃が出現するのは、いつ見ても幻想的だった。

夜に獣に襲われたことのある宮殿の門兵は、夜と獣に怯《おび》えるようになった自身を恥じて「獣に襲われた記憶」を封じて貰《もら》った。碧泉の十歳年上の姉が海を渡った隣国へ嫁ぐ際は「母国を裏切る可能性」を儀礼的に封じられた。

封印剣はあり得ない願いを託《たく》す以外にも、願いに対して封印師の力量が足りていないと壊れてしまう。人の核を支配するような大きな記憶や可能性ほど、封印師の力量が求められた。姉の封印剣も難しいもので、まじないを施せる封印師は少ない。

しかし碧泉は、封印剣が壊れた瞬間を見たことがなかった。なぜなら一番身近な封印師である青磁は、確固たる実力を持ち、彼が囁《ささや》いた言葉は確実に封じられたからだ。青磁が真剣な面《おも》持《も》ちで、星の石に願いを囁く瞬間を見るのが好きだった。

美しくて、清らかな、人々を救う願いを施す兄。彼は学にも秀《ひい》でて、政策を練るのも得手だった。更に宮殿の剣術大会では一等の実力を持つ。碧泉にとって青磁は、父の次に尊敬する存在だ。

「あ、……そういえば、さっきのおじいさんは、箱の文字を直さないといけないね」

ふと、翁が見せてくれた「盗みを働く可能性」の箱の中にあった柄を思い出した。誠が首を傾げて「どういう意味ですか？」と尋ねた。

「だってあれ、中にあったのは、泥水を好きになる可能性、だったもの。書き間違えているのを、教えるのを忘れてしまった」

誠が面食らった表情をした。短い沈黙の後、「恐らく」と言いにくそうに口を開いた。

「……王家の認証済というのは、嘘《うそ》だったのでしょう。よくは確認しませんでしたが、思えば箱に押された認証印も鮮明ではなかったかもしれません」

「え？　未認証の剣は取引してはいけないのだよ？　父様が法で定めている」

「ええ、それは、そうですが……」

誠は市場から外れたわき道に入ると、膝を折って碧泉に視線を合わせた。本当は教えたくないのか、表情には苦渋の色も垣間見えた。

「……封印師のほとんどは、国家登録をしているのはご存知ですね？　国家封印師になれば減税など様々な優遇《ゆうぐう》がありますが、受けられる優遇は実力によって異なりますね？　……その結果として、あまり実力を持たない封印師の中には、国家登録をする利点を見いだせない、そう考える者も、いるのですよ。特に国家封印師になると必ず国の命に従った封印剣を作らねばなりませんし、国王陛下による厳重な確認もありますし……」

「国家封印師ではなくとも、封印剣を作る場合は認証を受けなければならないのだよ？　それは変わらない」

「ええ、もちろん、法ではそう定めていますが……、未登録の封印師は偽りの剣を販売し、詐《さ》欺《ぎ》を働くことも難しくないのです。何しろ封印剣のまじないを見抜けるのは、封印師たちと国王陛下、そして碧泉様、あなた様に限りますし」

封印剣は使えば、様々な色形に姿を変える——、しかし、施されたまじないを見抜けるのは、封印師の他は、王たる資格を持つ者に限られた。碧泉は封印剣を見れば、剣の「声」のようなものが聞こえた。それが碧泉が第二王子にも拘《かか》わらず、王位継承者である一つの理由だ。

使い方によっては犯罪も容易《たやす》い。だからこそ、必ず国家認証を得るよう法で決めているが、未認証の剣は、その実多い。

そもそも、本人が力を誇示しない限り、封印師を見抜くのは至難の業だ。ましてや国の至《いた》る場所に星の石は散らばっている。封印剣の密造も決して難しい話ではなかった。

もちろん発覚次第、法に則って厳しく罰せられる。だが人々が封じたいものは多いらしく、根絶やしできていないのが現状だ——碧泉は、はじめて知ることだったけれども。

詐欺、ぽつりと碧泉が呟《つぶや》けば、「ええ、」と誠は決まり悪そうに頷いた。

「……あの翁のことは、私から報告をしておきます。さて、もう少し市場を散策したら、湖の方へも行ってみましょう。ちょうど春先は、水鳥が可憐《かれん》に泳いでいる姿が見られますよ。宮殿の池よりも大きいから見ごたえがありますし、近くの原っぱには宮殿の中庭にも咲いていない花がたくさんありますから、きっと気に入ると思いますよ」

こっくりと首を縦に振ると、誠が慰《なぐさ》めるみたいにフード越しに碧泉の頭を撫《な》でてきた。主従関係ながら年の差がある誠は、碧泉に対して敬愛と同時に、弟に向けるような慈《いつく》しみも抱いている。だから本当は、美しいことだけをまだ幼い主には教えてあげたいと思っていた。それでも無垢《むく》で無知なのは、この国を統《す》べる者としてはあってはならないから、告げたのだ。

自分の国の歪《ゆが》んだ部分をはじめて目の当たりにして、碧泉は内心うろたえた。胸にはしこりみたいな何かが生まれたのも感じる。だがそれら全てを、自分はしっかりと見据《みす》えてゆくゆくは解決していかなくてはならない。他の誰でもなく、自分こそが。

　幼いながらも少年はそれを理解していたから、深呼吸をすると誠の手を握り直した。そうすれば、誠は優しく手を握り返してくれた。

「では、あそこの屋台まで行ったら……、ああ、あれはいずみのお好きな青の実を絞った飲み物ですよ。えぐいので一般的には、滋養強壮《じようきようそう》の効果を目的としてしか人は買いませんが……、飲んでみますか？」

「え、青の実の？　それは飲んでみたい！」

「はい、では買いに……、ですが、少しあちらは混んでますね。人ごみに蹴飛ばされてしまうかも……」

　青の実の飲料を扱っている店は非常に繁盛《はんじよう》し、行列になっていた。よく見れば売れ行きが好調なのは今が旬の赤の実の飲料や甘味《かんみ》で、青の実はほとんど売れていなかったが、いずれにせよ並ぶ列は同じだ。誠は辺りを見回すと、店主が不在の小間物屋の屋台の横に碧泉を立たせた。

「いずみはここで待っていて下さい。いいですか、絶っっ対に一歩も動いてはいけませんよ。それから、もし小間物屋の店主が戻ってきても、余計なおしゃべりはしてはいけませんよ。もし何かあった時には、大きな声で私のことを呼ぶのですよ」

「本当に誠は心配性だね。わかっているから、大丈夫」

「……約束ですよ。では、私は飲み物を買ってきますから、待っていて下さいね」

「うん、いってらっしゃい」

混雑の中に向かっていく誠の背を見送ると、碧泉は市場を行き交う人々を眺めた。皆、賑やかに会話を交えながら買い物を楽しんでいた。何の変哲もない日常の光景。それでも碧泉にとっては全てが新鮮だった。

ずっと宮殿の露台《ろだい》から、宮殿下に立ち並ぶ家々を眺めてきた。あそこではどんな風に民が暮らしているのかしらん、何度だって夢想した。両親や青磁、そして誠をはじめとする従者から聞く話はとても興味深くて、しかし想像の域を出ない。実際に見てみたくて仕方がなかった。

『――碧泉、我が息子よ。お前は王になる大切な身の上。もしものことがあってはならないから、外へはまだ出てはいけない。成人を迎え、自分を守る力を得てからではないと、決して出てはならない』

父が心配をするのはわかる。碧泉は生まれた時から王位を継承することが定められていたし、今日こそ体調はいいが、季節の変わり目には必ず熱を出してしまって、躰《からだ》も丈夫ではない。それでも、露台から見る世界を実際に感じてみたかった。いずれは自分がこの国を統べるのだから、いくら見たって足りないくらいだと思った。知りたいことがたくさんたくさん、あった。

ふと、遠くから賑やかな音楽が聞こえはじめた。先ほど通った芸小屋で何かはじまったのだろうか。宮殿下の人々は一体どのようなものを好むのだろう。ここから見えないだろうか——爪先《つまさき》立ちをしたその時、屋台の屋根布から屋根布をぴゅんっと、黄色い塊が颯爽《さっそう》と駆け抜けていくのが見えた。

「……仔猫《こねこ》？」

虎縞模様《とらじまもよう》の仔猫だった。仔猫は人の切れ目を見付けると地面に下りた。日差しに照らされた瞳は、燃えるような緋色《ひいろ》。美しい、と思った。

仔猫は小さな躰に不釣り合いな、大きな干し肉を咥《くわ》えていた。あれは恐らく、屋台で売っていた干し肉だ。仔猫が代金を支払うとは思えない。すると、勝手に盗ったのだろう。

干し肉屋の店主は気付いていないのか、追ってくる気配はない。だが、あの干し肉も店主にとっては大切な商品の筈。いくら仔猫の仕業とは言え、目撃してしまった以上、放ってはおけない。

誠を呼ぼうか——、考えている間にも、仔猫は干し肉を引きずりながら、左のわき道へ入ってしまった。見失ってしまう。そう思った途端、碧泉は走り出していた。

ごめんね、誠、すぐに戻るから。謝罪は心の中でだけ呟いた。

仔猫は右へ左へ曲がり、風見市から離れていく。小さいながら脚が速く、中々追いつけなかった。裏道を通って、次第に住宅すら建ち並ばない森の方に走っていく。

碧泉は景色をろくに見る余裕もないまま、必死に仔猫を追っていた。普段、走り慣れない躰は悲鳴を上げていたし、耳のすぐ横では鼓動が聞こえる。頭にかぶっていたフードもとっくに首へずり落ちていたが、構っていられない。

一体、あの仔猫はどこまで行く気なのだろう。早く止まってくれないといい加減、体力が限界を迎えそうだ。

森に入って十分ほど走ったところで、仔猫はようやく脚を止めた。これでやっと、追いつける。小さいのにとてつもない持久力だ。碧泉は速度を落としながら、よろよろ仔猫の下へ向かった。

仔猫が樹の根本に干し肉を一旦置くと、ずん、と輪郭がぶれた。

——輪郭が、ぶれる？

碧泉は思わずその場で立ち止まった。固唾《かたず》を呑んで見守っていると、仔猫の背中の毛が一気に逆立つ。輪郭が曖昧《あいまい》になって、ずくりと影が大きくなった。虎縞模様の毛皮は薄くなり、最初に白い背中が現れる。次に手足が長く伸びて、真ん丸な顔も面長になって——、人の顔が、見え出す。

現れたのは、一人の少年だった。

碧泉よりも少し背が低くて、鳥の巣みたいにぼさぼさの金髪と、仔猫と同じ緋色の大きな瞳を持った少年。しかし碧泉と決定的に違うのは、髪の間にある縞模様の耳と尾の存在だ。

――獣人だ。

碧泉は驚きに目を見開いた。存在は知っている。けれども見るのははじめてだ。それは碧泉が宮殿の中しか歩けないからではない。獣人の存在そのものが、今では希有なのだ。

人と動物、両方の特徴を持つ獣人。彼らは通常、人目を忍んで生きている。

なぜか――、人が彼らを、獣人を捕食するからだ。

遙《はる》か昔から人は、獣人の存在を不気味に思っていた。人に似ているのに、獣にも似ている。あの生き物の始祖は、人でありながら獣と交わったのだ。種族の異なる生き物間で交わるなど気味が悪い、生への冒涜《ぼうとく》。

獣人は獣に化けられても、ずっと獣姿を保つことはできなかった。一方で人型だと姿を維持できても、耳や尾などの特徴を完全に消すことはできなかった。どちらでもない中途半端な生き物。結果、人に蔑《さげす》まれ、後ろ指を差されてきた。

もともとは穏やかな気性の獣人たちは、その境遇に甘んじてきた。でも、譲れないところは強気だった。自分たちも人より知識は少なくとも（獣人の始祖は子が産まれるまで、言語と知識を共有する相手を持たなかった故か、獣人は人に比べ知識は不足していたのだ）知能を持つ生き物だと主張し、人と一緒に町の中で暮らした。あまりにも理不尽な目にあえば姿を獣に変え、人を牽制《けんせい》することもあった。

そう、かつて人と獣人は、歪《いびつ》な関係ながらも共存していたのだ。

人が獣人を不気味に思った陰には、畏《おそ》れの感情もあっただろう。彼らが獣化している時の力は獣と同等で、速さも力も、人では到底及ばない。そのうえ獣人は、人よりも遙かに優れた自然治癒能力があった。かすり傷なら一舐《ひとな》めするだけで治ってしまう。人よりも強靱《きょうじん》な生命力の持ち主。

人は彼らに怯えた。自分たちに似ているからこそ、一層怯えた。それは本能だ。自分たちがこの世界から淘汰されてしまうことを防ぐ為の——、しかし、人はある時、力を手に入れた。

封印師の力だ。

封印師の目覚めは突然だったと言われている。夜に寝て、目覚めたら外では朝日が昇っているみたいに、急に、星の石の呼び掛けが聞こえる人間が現れたのだ。

不思議と獣人の中には、封印師は現れなかった。しかし、星の石には獣人の記憶や可能性も封印できた。人々はそれを好機と捉えた。獣人たちに隠れて封印師ができ得ることを見極め、そしてついに「獣人が獣化する可能性」を封じる剣を手に、獣人たちを襲った。

星の石が剣の柄を模《かたど》られるようになった歴史の背景は、ここにある。強引に獣人の胸へ押し当てるならば、鉱石の欠片《かけら》より剣の方が握りやすい。そのうえ星の石は人々の思惑に答えるように、封印を刃として出現させた。

もう、獣人たちに怯えないで済むように、人々は近くに暮らす獣人たちを次々と襲撃した。獣人狩りと称して正義を気取って力をふるい、あまつさえ命までも奪った。そして殺戮《さつりく》の最中に、獣人の血を浴びた人がいた。

その人は驚いた。獣人の血を浴びた途端――、今しがた獣人に噛《か》みつかれた傷が、たちどころに治ったのだから。

獣人の血は、人の自然治癒能力も高める。事実を知った人々は、目の色を変えて獣人を狩った。獣化する力を奪い、獣人が混乱している隙《すき》に彼らを殺した。血を絞った。時にその血肉を食べた。狂乱の時代だった。

当時の王は、暴走する民を止められなかった。まだ封印師の存在が現れたばかりで、国にはそれを制する法がなく、また獣人は人ではないと判断されており、殺しを禁じる法もなかった。獣人も暮らしているが、人である王はあくまでも人にとっての王でしかなかったのだ。それは風樹国に限らず、獣人が存在するほとんどの国が、同じ状況だったとも耳にする。

乱獲の結果として、人々は知る。獣人の血を摂取《せっしゅ》して自然治癒能力が高まるのは一時的であること、肉もまた同じ、一番いいのは定期的に摂取すること。つまり、飼い殺せばいいのだ。

しかし、その頃には生き残った獣人たちの大半は人を避けて、森へ住処《すみか》を移した。それでも常に獣ではいられないものだから、耳や尾を衣服で隠し、怯えつつ人の振りをして生きる獣人もいた。いずれにせよ、獣人は人の世界から姿を隠した。いない振りを続けた。

もちろん、今では獣人狩りは法で禁じられている。風樹国では碧泉の父が明言した。獣人は知能のある、人と同等の生き物であり、人と同じ権利を持つ、と。碧泉は父の宣言を聞いた時、から。

甚《いた》く感激した。人と獣人の残酷な歴史を聞いた時からずっと、彼らを救済したいと思っていた。

ただそれでも、悪習は簡単に消えない。獣人は見つかると、裏でひっそりと取引をされ貴族に売られた。いくら王が宣言しても、このような世界では獣人たちは表通りで生きられない。だが国としては姿を現してくれなくては、守ることもできない。平行線のような状態が続いている。

どこかで碧泉は、自分も半信半疑だったのを知る。獣人の扱いに胸を痛めてはいたものの、話にしか聞いたことのない存在は、あやふやな部分があった。でも、今たしかに目の前にいる。

獣人の少年は薄っぺらい躰を隠す服を持たず、裸だった。それを気にする様子はなく、自分の手の甲についた汚れを舌でちろちろと舐めてから、しゃがんで干し肉へ手を伸ばして。

ぱきり、碧泉の足下から音が聞こえた。小枝を踏んでしまったのだ。

途端、勢いよく獣人の少年が顔を上げた。緋色の瞳に碧泉の姿が映し出される。少年は目をまん丸に見開き、唇をわななかせた――、かと思えば次の瞬間には、また仔猫へと戻っていた。

「っあ！　待って！」

干し肉も置いたまま森の中へ逃げようとした仔猫の尻尾を、碧泉は寸前で捕まえる。

ぎにゃあ！　悲鳴が上がって「ごめん！」驚きながらも、仔猫の腰へ手を移動させて引き寄せる。この子を離してはいけないと思った。だって少年は、とても痩《や》せていたのだ。

薄い躰にはあばらが浮いて、手も脚も細くて、飢えているのが一目でわかった。腰を触ってみた今も、毛皮のすぐ下にはごつごつした骨の感触がする。放っておきたくなかった。

「ねぇ、逃げないで！　キミにいやなことをするつもりはない！　ただ、盗むのはよくないからっ、いッ！」

腕の中、仔猫は死にもの狂いで暴れた。容赦《ようしゃ》なく碧泉の腕に爪を立て、噛みついてくる。装束は破けて血がにじんだ。

痛い、とても痛い。こんな目にあうのは、はじめての経験だ。離してしまいたい、ひりひり痛む傷は訴えた。でも、そうしたらこの子は森の奥深くへ逃げて、二度と逢ってくれないだろう。痩せ細った小さな躰で、本物の野生の動物がいる中で、一体いつまで生きられるだろう。

本当は碧泉が思うよりずっと、たくましいのかもしれない。でも、嫌な可能性が頭を過《よぎ》れば、絶対に手放したくなくて。

「お腹が、空《す》いているのだね？　でも、盗んでは店主さんが困ってしまうから、ッつ！」

碧泉が言い聞かせても、仔猫は大人しくはしない。無我夢中で攻撃をしてくる。顔にも引っ掻き傷を負わされて、痛む場所が増える。小さな躰が全力で刃向かってくる。少年には戻ろうとせず、腕から抜け出せたら走って逃げ出す気満々なのがわかった。

毛を逆立てながら、ふうふうと仔猫は息を荒げている。自分がとてつもなく残酷なことをしている気がして、なんだか居た堪れない気持ちになった。でもただ、逃げないで話をさせて欲しいだけだ。こんなに怯えさせたいわけではないのに——、怯えている?

仔猫を強引に押さえ込もうとしていた力を緩くした。代わりに、ふわりと優しく仔猫を胸の中に包んだ。仔猫が暴れるものだから、無意識に腕には力が入っていたのだ。

突然与えられた優しい抱擁《ほうよう》に、仔猫が身を固くした。碧泉はやわらかで短い毛の生える仔猫の耳元に、そっと囁きを落とす。

「……尻尾を掴んでごめんよ。悪気はなかったのだよ。ただ、話をしたくてね。お腹が空いていても、盗んではいけないから。だって今度は、店主さんのお腹が空くことになってしまう。自分が辛いことを人に与えるのは、よくない。辛さの連鎖になってしまう」

腕の中で仔猫は碧泉をじっと睨《にら》んでいる。喉奥《のどおく》からはうなり声が聞こえて、今にも飛びかからんばかりの勢いだ。それでも、無闇《むやみ》に暴れるのをやめた。

「ありがとう、いい子だね。……干し肉のことは、一緒に店主さんに謝ってお金を払おう。君を捕まえたのは僕だから、僕が払おう」

相変わらず碧泉を凝視しているものの、仔猫はもう逃げだそうとはしなかった。暴れ疲れたのかもしれないし、とりあえず危害は加えられなさそうだと判断したのかもしれないし、もうどうにでもなれと自棄《やけ》だったのかもしれない。

仔猫の考えは知らない。ただその瞬間、抱き締めることを許された事実が、碧泉にはとても嬉しかった。

碧泉が言ったことは、傲慢《ごうまん》とも捉えられるだろう。飢えも貧《まず》しさも知らないから言える綺麗事。だがその思い上がりだって、育て続ければ真実になり得る。誰かを救う可能性がある――もしかしたら仔猫は薄っすらと、そんな予感を抱いたのだろうか。

碧泉は仔猫を腕に抱いたまま、片手でフードを被り直した。それから干し肉を拾い上げ、風見市へ向かった。

干し肉屋の店主は、碧泉が「ごめんなさい、自分の猫があまりにも美味《おい》しそうな干し肉だったから、持ってきてしまったのだよ」そう真剣に謝罪を口にすれば、恰幅《かっぷく》のいい躰を震わせ、笑って許してくれた。

内心ほっとしながら、碧泉が金と一緒に商品を返そうとしたら「もうかじられちまってるし、そいつは持っていきな」と気前よく言った。碧泉は頭を深く下げて礼を言うと、干し肉屋から離れて、市場の人ごみに戻った。

「さて……、これでこの干し肉は君のものだね。でも、これだけではお腹が空かない？」

ぐうううう。返事をするように仔猫の腹が鳴った。小さな躰に似合わない大きな音で、碧泉は思わず吹き出した。

「あははっ、だよね、空いているよね。だからこれは僕の提案なのだけれど――」

「碧ッ、いずみっ！」

強い力に肩を掴まれて、振り返る。そこには血相を変えた誠がいた。碧泉を相当探していたようで、彼は一つに結っていた髪も振り乱し、汗だくだった。

いけない、誠が心配をするのはわかっていたのに、つい夢中になって忘れていた。

「な、にをなさっていたのですか！　一歩も動くなと言ったではありませんか！　何かがあったかと、心配を…っ」

「ごめんなさい。つい、この子が気になって追い掛けてしまってね……、次からはきちんと誠との約束を守ろう」

「どうして、そのような野良猫《のらねこ》を……、って、怪我《けが》をされているではないですか！　このバカ猫っ！」

「違うよ、誠。僕が突然捕まえようとしたから、驚かせてしまってね。この子は悪いことはしていない……、ねぇ、誠。誰よりも信頼できる誠にだからこそお願いなのだけれど、この子を連れて帰りたい。ご馳走《ちそう》してあげたい。それでこの子が嫌がらなければ、一緒に暮らしたい」

碧泉はここぞとばかりに、にっこりと極上の笑みを見せた。自分の煽《おだ》てや笑顔に誠が弱いことは、もうとっくに知っていた。もちろん、信頼できるのは本心だけれども。たぶん、だからこそ一層、誠には効果てき面なのだろう。

「……本当にわかっていますか？　自分がどれほど危ないことをされたのか、もしものことがあったら…！」

「わかっているよ。本当はこのこと自体がないしょだものね。けど、せっかく出逢ったこの子と僕は……、友人になりたい。僕には年の近い友人もいないからね」

口にしてみれば、すとんと胸のうちに落ちた。同情と好奇心もあった。だがそれ以上に、この子を知りたいとたしかに願ったのだ。

もぞりと腕の中で仔猫が居心地悪そうに身じろいだ。その瞳は疑心に満ちている。それでも人が多いところで正体を明かすわけにはいかないらしく、碧泉の腕の中に居続けた。

「はぁ、……まったく、いずみは年々、どうにも悪いことを覚えている気がします」

「そうだとしたら、誠が教えているのだね」

「私はそんなこと教えていません。さ、もう今日は帰りますよ。湖はまた今度……、また今度の時、本当にお約束が守れたならば。守れなかったなら、もう次はありませんからね！」

「ありがとう、誠」

右手は誠と繋《つな》いで、左手にはあたたかな命を抱いて、日が傾きはじめた帰路を辿った。

宮殿の自室に戻ると、飲み物や傷薬を用意する為に誠は一旦下がった。その間に先に着替えを済ませてしまおうか。いつもならば誠や他の従者が着替えさせてくれるが、一人でも着替えくらいできる。何よりもこの装束を誠以外の従者に見られるのはまずいし――、ずしりと腕の中の仔猫が重みを増した。突然のことに支えきれず腕から落とすと、目の前に先ほどの少年が立っていた。

「おまえ、なんのつもりだ」

少年にしてはしわがれた声だった。だから一瞬、碧泉はその声が誰のものなのかわからなかった。感情を極限まで削《はず》り落とした、冷ややかな声色。でも、不思議と聞き心地はよくて、もっと別のことを話しているのが聞いてみたいと思った。

「えと、……何のつもりとは？」

「こんなところにつれてきて、なんのつもりだと聞いている」

吐き捨てるように少年は訊く。きつく拳《こぶし》を握って、答えによってはすぐ飛びかかってきそうな雰囲気だ。怯《ひる》むべきなのかもしれない。だが碧泉はただ、感動していた。自分は、少年とたしかに会話をしている、たったそれだけの事実に。

「さっき誠に話した通りだよ。僕は碧泉で、君に友人になって貰いたくて連れてきたのだよ。ねえ、名前を教えて欲しい」

「おまえ、オレが獣人だってわかって」

「碧泉」

「おまえ、」

「碧泉だよ」

名を紡《つむ》いで欲しくてしつこく繰り返せば、少年はあからさまに舌打ちをした。そして渋々と

「碧泉、」と呼んだ。

「オレのことを、わかっているのか？　ただのバカなのか？」

「馬鹿《ばか》とは酷いね。これでもこの国の同い年の子の誰よりも、一等勉強をしているつもりだよ。キミが獣人ということもわかっている。その耳と尻尾は僕にはないもの……、あ、尻尾は大丈夫…？」

咄嗟《とっさ》のこととはいえ乱暴に扱ってしまった。怪我はなかっただろうか。不安になる。

少年は振り返って尻尾を見ると、ゆらりゆらりと動かして自分の腿から膝へ巻き付けた。

「平気だ」端的に答える。

「それより、……わかっているなら、なぜかまう？　オレを食うのか？　それとも売るのか？　ニンゲンはそうしたがるのだろう」

「食べもしないし、売りもしない。ただ、友人になって欲しいのだよ」

少年は胡乱《うろん》げな視線を碧泉に向ける。きっと碧泉が想像もつかないような危険な目にも、彼はこれまで遭《あ》ってきたのだろう。小柄さだけで逃げ延びて、どうにか生きて。

碧泉少年は理解していた。自分が今はまだ、守りたいと願った全ての命を守ることはできないこと。目の前の一つの命を救うのは気まぐれの行為に見えること。

でも、守りたいと願った一つさえ守れなかったら、これから先、何も守れないと思う、だから。

「ねぇ、友人になって？　そうしたら僕は、君を守ろう。だって、友なのだからね」

少年の前に跪《ひざまず》き、その手を取った。翡翠と藍の双眸《そうぼう》に少年の姿を映して、美しく微笑む。そして手の甲へと、恭《うやうや》しく口付けを落とした。自分の言葉が真実である証明。

「――名前を教えて？」

それはたしかな懇願だった。王子たる身分のものの振る舞いではないと怒られかねない行為。獣人の少年は、懇願如《ごと》きに絆《ほだ》されなかっただろう――けれども、怯えるかのようにぶるりと身を震わせると、「あけとら、」彼はゆっくり名乗った。

少年は名乗った自分に驚いたように、口に片手を当てていた。見えない何か、さながら重力のように強大で逆らえない力に、少年は本能的に従ったのだ。それは恐らく、碧泉が持って生まれた、王たる資質だろう。

「あけとら、いい名前だ。字はどう書くのだね？」

「……しらない」

「え？」

「字、しらない。オレはそんなもの書けない」

ぽつりと零された言葉にまたたくと同時に、ガッシャンッ！　背後で何かが落ちる音がした。咄嗟に振り返れば、愕然《がくぜん》とした様子の誠がいた。水差しや薬を入れた籠が石造りの床の上に転がっていた。

「あ、あああ、碧泉様っ！　早くっ、その獣からお離れ下さい！　す、すぐに兵士を――！」

「――黙れ、誠」

鋭く命じれば誠が口を噤《つぐ》んだ。もっとも瞳は、でも、でも、とうろたえているのがわかったから「誠、とりあえず部屋に入って扉を閉めて」と促した。誠は不承不承《ふしょうぶしょう》、従った。

「誠、もう話してもいいけど、大声は控えておくれ。あけとらが驚いてしまう」

「…………碧泉様、さっきの、猫が、獣人だったのですね」

「うん、ないしょにして悪かったね」

「碧泉様っ！　あなたはわかって連れ込んだのですか⁉　獣人というのはですね！　封印をしない限り、過去の因縁から人を恨み、すぐに人に襲いかかる凶悪な生き物です！　現に碧泉様はお怪我をさせられて…！　今すぐ――」

「違うよ。これは本当に僕の自業自得《じごうじとく》。大体、本当にそれほど凶悪ならこの子は今、大人しくここに立っているわけないだろう？　僕と二人きりの時に何でもできた。それでもこの子は僕と話すことを選んでくれた。この子は何も悪いことをしていないのだよ。誠だって実際、獣人には会ったことがないだろう？　キミの考えている獣人というのは、ただの偏見だ」

誠は唇を噛んで黙った。碧泉の言い分を理解はできても、納得はできない、そういう表情だ。

碧泉は小さくため息を吐いてから、床に転がっていた水差しや傷薬を籠に戻すと「誠なら、わかってくれると思ったから、この子を連れて帰りたいと頼んだのだよ。それに、もう共犯だろう？」子どもらしくない、にんまりとした笑いを浮かべた。

「きょ、うはん……？」目を何度もしばたかせながら、誠が聞き返した。

「うん。だってこの子がここにいる理由、どう話すのだね？　宮殿には兵がたくさんいると言うのに、一体この子はどうやってここまで入ってきたのか。仔猫一匹たりとて、侵入は許していないのに、ね。それもこの三階にある、僕の私室まで入っていたとなれば、結構な騒動になってしまうと思うけれど？」

　はっと誠が息を呑む。碧泉の言う通り、少年を捕らえたら、自分が碧泉を外に連れ出したことを白状せざるを得ない。いくら碧泉の頼みとは言え、ただではすまないのはわかりきっている。そのうえ獣人を連れ帰ったことまで知られたとしたら――。

「っ、碧泉様！　あなたという方は……！」

「ありがとう、誠。理解してくれて嬉しいよ」

　綺麗な微笑みで礼を言うと、碧泉は獣人の少年に向き直った。呆気《あっけ》にとられたように口が半開きだった。碧泉は空気を震わせて微かに笑いマントを外すと、少年の肩へ羽織らせ「ねぇ、あけとら」優しく呼んだ。

「あけとら、の字だけれど、朱の虎という字はどうかな。朱というのは君の瞳のような緋色の意味を持つ字で、虎というのは巨大な縞模様の猫で……、僕も絵で見ただけで、この国にはいないけれど、君の持つ柄によく似ているのだよ。だから朱虎、それでどうかな？」

少年は肩に布をまとったまま、ぼうっと碧泉を見ていた。頭の先から爪先まで観察をしてから、ぽつりと言う。

「……へんなニンゲン。……字、わからないといった」

「僕が教えてあげる。覚えたら、本も読めるようになる。きっと、とても楽しいよ」

握った小さな手はじっとりと汗ばんでいて、命のあたたかさだった。


朱虎は碧泉にとっては当たり前のことも、知らないことが多かった。字はもちろん、この世界の理《ことわり》も、この国の成り立ちも、そして王家のことも。

「朱虎が今いるのは春の宮殿、僕の宮殿だよ。夏の宮殿は王である僕の父様と母様が暮らしている。秋の宮殿には僕の兄様、冬の宮殿には父様の弟、僕の叔父《おじ》様がいる。そして四つの宮殿の中央にある本殿は四季の宮殿と呼ばれて、普段まつりごとはここで行われている……、つまり、日中は四季の宮殿に王はいるのだよ」

天蓋《てんがい》付きの寝台の上で、宮殿の見取り図を広げながら朱虎に説明をした。四季の宮殿を中心に、各宮殿は東西南北に放射状に位置し、外廊下を通じて繋がっている。執務室の他に王族の私室はもちろん、従者全ての私室も備えてある。

三階建てのうえに高台に位置する宮殿は、民家や店屋の大半が平屋の風樹国の中で、遠くからでもよく目立った。

朱虎は決して碧泉に気を許してはいないだろう。度々向けられる胡乱げな眼差《まなざ》しでわかる。しかし、それでも彼は逃げ出そうとはしなかった。碧泉がうつ伏せで肘《ひじ》を突いて教えている横で、同じように寝転がって静かに聞いている。

どうして逃げ出さないのか碧泉は訊く気もないし、知らない。ただ、ほんの少し、碧泉を信じてみたいと思った、そういう気持ちがあればこのうえなく嬉しいけれど、それは今後の自分の行い次第だろう。

人が人に信頼されるのには、言葉だけでなく行動で示さねばならないのだから。

「……王は、なんのためにいる?」

朱虎は連れてきた時と違い、短い金髪はふわふわなのが蝋燭《ろうそく》明かりに包まれた夜の部屋でもわかった。泥の付いていた躰も清潔な装束に包まれている。当然だ、一刻前に自分が朱虎を入浴させたのだから。

最初は朱虎一人で入浴させようとしたが、すぐに問題に直面した。朱虎はこれまで入浴をしたことがなかったのだ。水浴びは森の中で経験があったものの、それも獣姿でのこと。人型で、ましてや洗い粉を使うなど朱虎には未知の行為だった。

碧泉も普段は従者に入浴を手伝って貰う。しかし、朱虎の手伝いを誰かに任せるわけにはいかない。事情を知っている誠ならば問題はなかっただろうけれど、そもそも朱虎を連れてきたのは自分だ。だからこそ自分がきちんと世話をしたいと思った。

碧泉の浴場は春の宮殿の一階にある。他の部屋と同じく石造りで、床から一段低くなったところに、泳げるくらい充分な広さの四角い窪《くぼ》みが作られている。そこに溜められた清い真水で、朱虎の全身の汚れを落とした。慣れないなりにも丁寧に、丁寧に。

朱虎は洗い粉を見た時こそぎょっとしたものの、嫌がったり暴れたりはしなかった。ただ、始終居心地悪そうにはしていたけれど。

洗った時に触れた金髪のやわらかさを思い出しながら、碧泉は朱虎の問いに答えた。

「王は民を幸福に導く為にいるのだよ。民の意見に耳を傾けて、一つの答えを出して、民を導いて、国を豊かにしていく。その結果として、民が幸福になれるように、国を作るのが王の役割だよ」

生まれた時から民を総《す》べる父の後ろ姿を見てきた。そして父本人からも、お前もそうあるべきだと諭《さと》された。だから碧泉は自信を持って答えた。

しかし、朱虎は「……民の中に、獣人はふくまれていないんだな」嘲《あざけ》り混ざりに呟いた。その声の淋しさは、自分より幼い容貌《ようぼう》をした彼には不似合いで、碧泉は反射的に「それは違うよ！」と大きな声を出した。

「民の中にはもちろん獣人も含まれている！　父様は法でも獣人の差別を禁じた……、ただ、まだそれが全ての民に広まっていないのだよ。長い時間を掛けて今の環境はできてしまったから、民の考えが変わるのも、時間が掛かる。でも、父様は宣言をした以上、きちんと取り組んでくれるお方だし、もしも父様の代で改革が終わらなくとも、その時は僕が引き継ぐ。人と獣人が、共に生きられる世を作る、絶対に！」

碧泉の勢いに驚いたように、朱虎は猫目をまん丸くした。ぱちぱちとまばたきを繰り返してから、「おまえにそんなことができるのか」と静かな疑問を寄越す。

「してみせるよ。だって僕は、王になるのだからね」

「おまえには、」

「碧泉」

「……碧泉には、兄がいるといった。ふつう、先に生まれたほうが、つよい。それなのに、どうして碧泉が国王になる？」

今度は碧泉が目をまたたかせる番だ。朱虎は知らないことが多いのはたしかだ。けれど、情報を整理して理解することには、長けているように窺《うかが》えた。少し会話するだけでもそれがわかるのに、どうしたら、獣人をまるで家畜のように扱えるのだろう。自分たちとの違いなんて、ほんの些細《ささい》なことだけなのに、長い悪習に囚われて。

碧泉は小さな胸を痛めながらも、だからこそ王族が責任を持って国を変えていかなければならないのだと自身を奮い立たせた。

「王になるには、絶対に持っていなくてはならないものがあるのだよ」

「もっていなくてはならない？」

「うん、この瞳さ。そのうち、会わせてあげるけれど、父様は僕と同じように藍と翡翠の瞳をしている。兄様は違う、空色の瞳だ。……昔から、王になる者だけが藍と翡翠の瞳を持って生まれた。それは決まりだ。たとえ王の長男だろうがこの瞳を持っていなければ王にはなれないし、仮に王の子ではなく、王の甥《おい》がその瞳を持って生まれれば王に決まる。王族の血を持つ者からしかこの瞳の子は生まれないけれど、王族の誰がなるかは生まれるまでわからない。……でも、僕はこの瞳を持っている。だから僕は王になるのが決まっているのだよ」

それは風樹国では昔から知られている話だった。民の前に姿を見せる王は必ず藍と翡翠の瞳をしていた。そして不思議と王の瞳を持つ者は、二人以上は同時期に存在しなかった。

その瞳こそが王たる証なのだと、誰もが一目でわかった。

だからこそ碧泉は、まだ幼い今、危険から身を守る為にも、勝手に外へ出ることを許されずにいるのだ。

「……ふぅん、それで、その瞳になんのイミがある？」

「意味？」

「そうだ。たしかに美しいが、美しいだけで国王がきまるのか？」

頬杖《ほおづえ》をついて気怠《けだる》げに朱虎が尋ねた。四角い穴が開けられただけの窓から夜風が吹き抜けて、蝋燭の炎を揺らした。

ふくくっ、喉を震わせて笑い出したのは碧泉だった。

「ふふっ、そんなこと、はじめて訊かれたよ！　朱虎、君は本当に面白いね……、いや、聡明というべきかな」

「……碧泉がどうしてわらっているのか、よくわからない」

朱虎が眉《まゆ》を寄せて呟いた。怒り以外の表現が乏《とぼ》しいらしく、表情の変化は微かなものだ。いつか、もっと気を許した表情も見せてくれるといいな、そう願いながら碧泉は「褒《ほ》めているのだよ」と続けた。

「大概の民は、そう決まっている、それだけで納得をしてしまう。先入観、思い込みみたいなものでね。けれど朱虎は違うのだね、物事の本質を捕らえられる。そういう意味では、僕の瞳は朱虎に少し似ているかもしれない。……この瞳はね、封印を見ることができる」

「ふういん？」

「そう、封印。閉じ込めることだね。星の石に何が閉じ込められているのか、封印師ではなくとも見抜ける。それに……」

「ほしの、いし？」

「そうか、それもはじめて聞くのだね。その話は長いから、明日にしようか。もう、月が窓から見えなくなってしまったし」

見取り図を脇机に片付け、蝋燭の火を落とした。天蓋の薄布で寝台を覆えば、静かな夜に包まれる。碧泉が横になろうとした時、「碧泉、なにをするんだ？」暗闇から尋ねられた。

いや、暗闇ではない。夜目にも著《しる》く煌々《こうこう》と緋色の双眸が輝いていた。はっきりとこちらを見ている。もしかしたら、獣の血を持つ彼は、暗くても碧泉がよく見えるのかもしれない。

「夜だから、眠るのだよ。明日も一日、元気で過ごす為に……、もしかして、朱虎は夜眠らないの？」

緋色の瞳が微かに下に動いて、頷いたのがわかる。

「夜は、あぶない。獣がたくさん、うごく。食べられてしまうかもしれない……。だから、夜はねない、昼に、すこし木の上でねる」

掠《かす》れた声は、朱虎の過ごした長くて孤独な夜を連想させた。胸が締め付けられる思いがして、碧泉は「朱虎、」目の前の小さな子を呼んだ。

「なんだ」

「ここにはね、獣は入って来ない。誠や兵士が守ってくれているからね。だから今日から、僕と一緒に夜に眠って、朝に起きよう」

本当は誠が普段従者たちの使う、小さな一室を朱虎の為に用意してくれた。でも端から碧泉はそこを使わせる気はなかった。きっと明日には、一緒に寝たことを知った誠が小言を言うだろうが、それでもこの幼子を、今は片時も離したくなかった。

小さな王子は目の前の痩身《そうしん》に腕を伸ばした。身を固くされても怯まずに、ゆっくりと頭から背中を撫でてやれば、徐々に朱虎の躰からは緊張がほぐれていった。

自分も幼いのに年長者のように振る舞いたがる、単なる子ども特有の背伸びだったかもしれない。でも、そこにはたしかなぬくもりが生まれた。

「まだ春の夜は冷えるから、くっついて眠ろう」

「……床でねる」

「床は冷たいし躰が痛くなるよ。何もしないから、安心してお眠り。起こしに来るのも誠と決まっているから、問題ない……、ああ、もしも僕の寝相があまりに酷くて耐えられなければ、爪を立てても構わないよ。たぶん、その心配はない筈だけれど」

胸の間に小さなため息が落とされる。「……碧泉は、やっぱりへんなニンゲンだ」呆《あき》れたように彼が言った。

「そうかな？　でも、朱虎にとって少しでも居心地がよいのなら、変でもいいよ」

眠気が侵食すれば暗闇が深くなる。それでも痛いほどの視線は感じるから、やはり彼は暗くても自分のことがよく見えるのだろう。

夜が明けたら憶測でなく真実を教えて貰おう。自分は知識を教える代わりに、朱虎からは彼のことを教えて貰いたい。たぶん、朱虎は面倒くさそうにはしても、嫌がりはしないだろう。

この直感は外れない気がした。

「父と母は、覚えていない。気がついた時には、森でひとりだった」

朱虎の生い立ちを聞いたのは、出逢ってから十回目の昼時だった。目をつむればすぐにうた寝できそうなよく晴れた日で、三階の露台から町を眺めていた。

ここは春の宮殿でも碧泉のお気に入りの場所で、天気と体調さえよければしょっちゅう出向いた。眼下の町の人々の詳しい様子はわからないけれど、それでもあそこに父が英知を捧げた町があると思うと、いつだって誇らしい気分になるのだ。

「気が付いた時とは、いくつの時？」

「さぁ……、四つ程度ではないか。今の、半分くらいしか背はなかった筈だ」

朱虎は装束越しに尻尾を撫でながら答えた。最初、彼は装束を着るのを非常に嫌がった。森の中で生きてきた彼には装束をまとう概念がなかったからだ。着せられると居心地悪そうに「どうしてこんなものが必要なのかわからん」ぶつくさ文句を言った。

だが、次第に肌寒さやかすり傷を防ぐ実用的な点に気が付いたらしく、今では平然としている。もっとも装束の下にしまわれた尾だけは違和感があるようで、こうしてたまに手を伸ばしては触っていたが。

本当ならば、耳も尾も出した、ありのままの姿にしてやりたい。しかし、宮殿内とはいえ、誠が悲鳴を上げたみたいに、獣人に対する差別思考はあるのだ。いくら碧泉が次期国王と定められていても、まだ成人を迎えていない今、子供扱いで自分の意見は無視されてしまう。大切な子どもの為に朱虎《じゅうじん》を排除せよ。もしも、朱虎の存在が露見した場合、大人たちが自分の制止も聞かずに勝手に行動をしてしまう可能性を、碧泉は否定できなかった。またその時には、守りきれない危険性を重々承知していた。

王を味方につければ、状況は好転するかもしれない。宮殿内に改めて獣人差別を禁じる布令《ふれい》を出して貰うこともできよう。だが、従者たちが心の底から朱虎を受け入れてくれない限り、彼らが碧泉の為によかれと思って、無断で朱虎を始末する可能性がゼロとは言えない。そのくらいに、獣人差別は根深い問題なのだ。

だからこそ碧泉は、せめて自分が成人を迎えるまでは、一握りの人を除いて朱虎の正体を秘めるつもりだった。先に事実を作ってしまえばいい。人と共存できる事実、封印など施すまでもなく人に危害を加えない事実。二つの事実を築いたうえで成人を迎えたならば、子どもの意見などと一蹴はさせない。朱虎は信頼できる存在だと認めさせよう、絶対に。

朱虎がここに留まってくれている以上は、最善を尽くそう。恐らく朱虎は、半信半疑で今ここにいる。でも、いつの日にか、心から碧泉の傍が居心地いいと思って貰う為にも、自分ができ得る全てをやろう。

その為に朱虎に偽りの身分も作った。誠の従兄弟《いとこ》で碧泉の従者兼年の近い遊び相手、という設定。実際に世話をしているのは碧泉だったし、朱虎は知らない人に人化している姿を見られるのを嫌い、碧泉と誠の前以外ではほとんど仔猫の姿になっていたけれど。

危険を承知しながら傍《そば》におきたいのは、森で独りぼっちにするよりはずっといいと思ったから——、それだけの理由では矛盾を隠せないくらいの、自分が守りたいとか、せっかく出逢った彼をもっと知りたいとか、そういうわがままも孕《はら》んでいたけれども、人の想いとは綺麗なばかりではない。たとえ、どれほど見目麗《うるわ》しい少年であっても。

「朱虎は、森では仲間……、いや、友人はいたの？」

「獣人はいない。会うだけなら二回会ったことがあるが、なわばりに入るなと怒られたな。森の中のたべものは、かぎられているから、ムリもない。オオカミの群れとは、一年いっしょにいたから、友人だったかもしれん。……人に、殺されてしまったが。毛皮がほしかったらしい。オレはオオカミではなかったから、見のがされた。それで、ひとりになった」

淡々と語る朱虎の表情は、もう悲しむことさえ飽きたと言うように、凍り付いていた。

碧泉にはこういう時に掛けるべき言葉が思い浮かばなかった。宮殿という鳥籠は、窮屈《きゅうくつ》な場所だが庇護がある。そこで育てられている自分に、一体何が言えよう。

きっと朱虎は、さんざ苦しんだだろう。悲しんだだろう。薄暗い森の中で独り、やっと出逢えた仲間に受け入れられなかった悲しみはいかなるものだったろうか。狼たちと巡り逢い安寧《あんねい》を手に入れたのに、目の前で命を絶たれた絶望はどれほど深かっただろうか。ひもじい思いをしながら、時には木の根を噛んで飢えを凌《しの》いだかもしれない。ただ、生きようとすることがどうしてこれほど苦しいのかと、人を憎みながらも。

碧泉の経験では朱虎の苦しみは計り知れないし、同情さえ憚《はばか》られた。全てが軽い言葉になってしまう気がした。

でも朱虎は今、ここにいるから、いてくれるから。

隣に並ぶ朱虎をぎゅうっと抱き締めた。出逢った頃より薄っすらと肉がついた躰を、一生懸命に包む。背丈は碧泉の方があるとはいえ、碧泉も華奢な性質《たち》だから、それはどうしても抱き締めるというよりは、しがみつくような格好だった。けれど確実に、二人の体温はじんわりとろけて。

「碧泉？　なんだ？」

「こうしたかったから。……僕は、朱虎の苦しみも悲しみも全部はわからない。でも、朱虎が悲しいのは、悲しい」

「……やっぱり、よくわからない」

朱虎は呆れたように、細く息を吐いた。それでも言葉とは裏腹に、すり、と碧泉の首筋に頬を寄せた。

ふわふわの金髪が耳に触れるのがくすぐったくて、心地良い。朱虎からはお日様に似た香りがする。そう思っていると、朱虎が手を伸ばして、碧泉の頬を撫でた。

「……顔のキズは、なおったな」

「ああ、掠り傷だったもの。心配してくれたの？　ありがとう」

「心配？　気になっただけだ、オレがつけたから」

「それを心配と呼ぶのだよ、ふふっ。朱虎、この後は西地区の話をしてあげよう。お前が気に入っていた赤の実の蜜《みつ》漬けもあるから、食べながらね。僕としては青の実の塩漬けの方がおすすめだけれども」

「碧泉のおすすめは舌がピリピリする」

「人と獣人だと味覚も違うのかな。……あれ、けれど誠も同じようなことを」

「碧泉様」

噂《うわさ》をすれば影が差す。誠が廊下から声を掛けてきた。どうかしたの、振り返って尋ねれば「青磁王子がいらしています。今、瑠璃《るり》の間にお通ししています」と答えがあった。

「わかった、すぐに行こう。朱虎、お前もおいで。ちょうどいい。僕の兄様を紹介しよう」

誠が顔を歪めたのに気が付いたものの、碧泉は無視をした。やはりまだ、誠は朱虎を傍に置くことに反対なのだ。言いつけ通り、沈黙こそ守ってくれてはいるけれど、誠の中の獣人の印象は悪いままだ。

実際、数年前に売買目的で捕縛され掛けた獣人が、必死に逃げた結果に起きた惨劇——人の殺傷沙汰《ざた》もあったのだ。件《くだん》の獣人はそのまま森へ逃げ、今なお行方《ゆくえ》はわからない。

しかし、亡くなった人を今更悪く言う気はないが、そもそも獣人を「便利な物」として見なければ、扱わなければ、起きなかった事件だ。獣人は自分を守る目的で、人を攻撃したに過ぎない――、それなのに、先に獣人が襲ってきただとか、目が合った瞬間に飛び掛かられただとか、噂には尾ひれがついてしまって。

誠が獣人を警戒する理由は、その惨劇の印象が強い。或《あ》いは古くからこびりついた冒涜の生き物という印象。一番身近にいる誠でさえそうなのだ。獣人を傍に置くと宣言をしようものなら、他の従者たちの反対など火を見るより明らかだ。

でも、味方は多少いた方が行動はしやすい。碧泉は一人頷くと、朱虎の手を引いて歩いた。

誠が慌てて二人の先導する。

「朱虎にはまだ、あまり兄様の話はしていなかったね。兄様は凄いお方なのだよ。この国の為にたくさんのことを学んでいて、隣国の言葉も操れる。そのうえ宮殿の剣術大会で優勝したことがある。宮殿の剣術大会で優勝するというのはね、この国で一番を意味している。何せ優れた剣士は皆、宮殿に仕えるのだからね」

「……剣とはなんだ。碧泉はしないのか？」

「人間の持つ武器だよ。大きな刃……、後で見せてあげる。もちろん僕もやるけれど、あまり得意ではない、情けない話だけれどね」

「碧泉様は、お躰が丈夫ではありませんし、何よりもお優しいから人に剣を向けるのを、ためらわれるのですよ」

慰めるように誠が言葉を挟んだ。実際、重たい剣は持つとすぐに息が上がってしまうし、いくら命のやりとりがない練習でも人に刃を向けるのは気が滅入《めい》った。それよりも本の内容を頭に詰め込む方が自分には向いている。

「朱虎、それからね、兄様は封印師の力も持っている。封印師については先日話しただろう？他の封印師を僕はよく知らないけれど、兄様の封印はとても美しいよ。兄様のことを僕は、父様の次に尊敬している」

憧憬《どうけい》を言葉ににじませれば、朱虎は曖昧に頷いた。彼にはよくわからない感情だったのだろう。碧泉はくすりと笑った。

「まぁ、だからね、兄様の前では獣人であることを、隠さなくても大丈夫だよ。とても信頼できる人だから。ああ、でも、僕が外に出たことはないしょにしないといけないから、そうだね、誠が宮殿近くの森で出逢ったことにしておこうか。……ほら、ついた」

誠が重厚な扉を開けた。曙色《あけぼのいろ》の絨毯の上に置かれた革張りの長椅子《いす》に、その人は姿勢よく腰掛けていた。瞳の色こそ違うものの、碧泉が七つ年を重ねて、髪形を同じにして、もっと垂れ目であればこのような顔立ちになるのかもしれない――そう思わせるくらいには、面影が重なる。さらさらの黒髪は短く切り揃えられ、前髪は眉上の長さだ。癖《くせ》のない髪は綺麗な頭の形をはっきり描いていた。

「兄様、ごきげんよう。お久しぶりです。どうされたのですか？」

一礼をしてから、碧泉は青磁の向かいの長椅子へ腰掛けた。誠は扉の近くに控えたままで、それ以上立ち入ろうとはしない。青磁の後ろには、全身を銀色の甲冑《かっちゅう》で包み、剣を腰に下げた人が一人、微動だせずに立っている。

朱虎は少し逡巡《しゅんじゅん》した様子で、碧泉の方へ向かった。

「ごきげんよう、碧泉。なに、昨日西地区を訪問してな。そこで面白い書物を手に入れたから、碧泉に土産《みやげ》として持って来たのだが……、彼は、どちら様かね？」

青磁がにこりと微笑んで朱虎を見た。敵意の欠片もない、朗《ほが》らかな表情だ。兄の笑みを見ると碧泉はいつも心がほっとする。

それなのに、なぜか朱虎は全身の毛を逆立てた猫のように、反射的に一歩後ずさった。緊張しているのだろうか、碧泉は内心、小首を傾げながらも、「彼は朱虎と申します。誠の従兄弟として宮殿に入れています」と青磁に紹介した。

青磁は口の中で朱虎の名を繰り返してから「として、と言うと？」微かな言葉の違和感をすぐさま汲《く》み取った。

兄と同じ年頃で、兄以上に聡明な人を碧泉は知らない。賢人が自分の兄である事実が改めて嬉しくなって、笑みを深くした。

「今のは表向きの話です。本当は、誠が森で保護したのですが、彼は獣人なのです」

「獣人ですって⁉　穢《けが》らわしい！　青磁王子に近付けないで下さいな！」

それまで銅像のようにじっとしていた銀色の甲冑が、突然甲高い声を上げた。腰の剣を引き抜くと、ひらりと長椅子を飛び越えて、青磁と碧泉の間に立つ。突然の殺気に朱虎の瞳が、敵を見付けた獣さながらに鋭く光るのを碧泉は見た。彼の頭からフードが落ち、今まさに獣へ戻り掛けたその時、「やめなさい」静かな声が制した。

操り糸で引っ張られたように、甲冑が動きを止めた。

「ですが、青磁王子！」

「蓮《れん》、彼は何もしていないぞ。大体、獣人差別は国王陛下が禁じたことだ、いけないね」

青磁が肩を竦《すく》め、優しく言い聞かせる。青磁は今、十四歳だ。成人を迎えており、背丈も平均より高いとはいえ、二十歳を過ぎた男などと比べればまだ線が細い――、それなのに、彼の発する言葉には重みが感じられた。

蓮、と呼ばれた甲冑の人も、ぐっと押し黙ると、剣を戻した。そして静かに兜《かぶと》を取り、不貞《ふて》腐《くさ》れた顔を見せた。

兜の下から現れたのは、焦《こ》げ茶色のおかっぱ髪をした妙齢の女だ。彼女は優秀な女剣士で、青磁専属の従者だ。

「……青磁王子の仰《おお》せには、従いましょう」

ですが、と蓮は指先で青磁と碧泉の間に、見えない線を引いた。

「ここから先に《それ》は近付けないで下さいな。獣人かそうではないかは別としても、正体のよくわからぬ者を我が主に近付けられませんから」

「蓮、朱虎はいい子だよ。僕が保証する」

「それは碧泉様、あなた様のご判断でありましょう。あいにく、わたくしは青磁王子の従者ですから、いくら碧泉様とはいえ、青磁王子の御身の為にも頷けませせぬ」

「お前、それは碧泉様に歯向かっているのと等しいぞ！」

「あら、いたの、誠」

誠もついには黙っていられず怒鳴り声を上げた。しれっと蓮はそれに答える。昔からそれぞれの王子に仕えている二人は、お互いの王子こそ唯一と尊ぶあまりか、どうにも仲が悪い。顔を合わせるたびに言い争いが耐えない。まさに犬猿の仲だ。

はじまった口喧嘩《くちげんか》に、碧泉は苦笑した。だが、いつものことだ。止めるより先に朱虎の手を引くと、自分の隣へ立たせた。

「改めて、彼は朱虎、猫の獣人で、僕の友人になって貰いました。国を変える為にも、王族である僕らはもっと彼らを知るべきだと思うのです。……ただ、すぐには変わらないのも事実ですから、このことは今、誠と僕の秘密です。父様には近いうちに紹介するつもりですが、宮殿全体には僕が成人するまでは、朱虎が獣人であることは伏せておく予定です」

「状況はわかったが、秘匿《ひとく》事項を我輩に話していいのかね?」

小首を傾げて青磁が尋ねる。碧泉は、もちろん、と頷いた。

「ふふっ、というのも、勝手ながら兄様にも秘密を守る協力を、必要な時はして頂ければと思い、今日紹介したのです。兄様が味方でいらしてくれたら、これほど心強いことはありませんから」

「……ふむ、なるほど」

空色の瞳に朱虎が映される。数秒間、姿を切り取るみたいにじっくり眺めてから、青磁は再び微笑みを見せた。垂れ目は柔和に細められ、唇は三日月のように持ち上がった、まるで人形みたいに綺麗で、完璧な微笑だった。

「歓迎しよう、朱虎殿。弟と、碧泉と仲良くしてやってくれたまえ。そうだな、国王陛下には我輩の方から、碧泉が紹介したい友人がいると伝えておこう。お前はあまり、春の宮殿を離れるべきではなかろう」

「ありがとうございます、兄様。……朱虎、」

促されて朱虎はようやく「……りがとうございます、」掠れた声で礼を言った。青磁はそれを聞き届けると立ち上がって「蓮、戻るぞ。それから、朱虎殿のことは誰にも話さぬように」未《いま》だ誠と口喧嘩をしていた彼女を呼んだ。

蓮はかしましく罵《のの》り合っていたにも拘わらず、青磁の一声は耳聡《みみざと》く拾うと、誠にくるりと背を向けた。青磁と共に退出し、扉を閉ざす間際に、中にいる者にだけ聞こえるくらい小さく、毒の含んだ声を落とした。

「……本当に汚い猫。きっと誰か様の心根が醜《みにく》いから、同類を引き寄せるのでしょうね」

「蓮っ！　お前っ！」

誠が怒鳴ったのと扉が閉ざされるのは同時だった。わなわなと肩を震わせる誠の横で、碧泉は「訂正をして貰わなくてはいけないね」酷く冷静に言った。

「碧泉？」

「朱虎は、美しい。気高くて、誰よりも美しいよ。だから訂正して貰わなくてはね。次に会う時には、絶対に」

蓮が朱虎の存在を吹聴する心配はなかった。青磁が命じれば、彼女は何でも従うから。この場で死ねと青磁が命じたらすぐさま剣で胸を貫きかねないほどに、彼女は昔から青磁に従順で盲目だった。

けれど人形ではなく意思があるからこそ、心無い言葉を投げてくる。碧泉は別に、自身のことをとやかく言われるのは構わない。そもそも心ない言葉ははじめてでもない。蓮が碧泉を貶《おとし》めるのは、不服があるからだ。

自分が仕えている青磁ではなく――、碧泉が次期国王であることに。

生まれながらの宿命。運命を言い聞かされ育った兄弟二人はきちんと理解していたとしても、一番近くで仕えている蓮は納得がいかないのだ。事実、贔屓目《ひいきめ》を除いても青磁の方が文武共に優れて健康体で、人柄も穏やかで申し分がない。そのうえ彼は封印師なのだから、王たる瞳はなくても、まじないを見抜ける。王として何も不足などないのに、どうして頭でっかちで病弱な弟の方が次期国王と決まっているのか。

蓮が碧泉を「心根が醜い」と称したのは、青磁の方が優秀と自覚しながらも、決して王座を譲ろうとはしないからであろう。青磁兄様が王になるべきだ——、その一言を一度も、碧泉は口にしたことがない。それが気に入らないのだ。

自分が兄に及ばないことなど、百も承知だ。それでも与えられた宿命は、成し遂げたい。今すぐは無理でも兄と並ぶべく、日々勉学に励んでいる。いずれ、蓮をはじめ、多くの民に認めて貰う為に。

けれど、自分の宿命と、朱虎は無関係だ。それどころか彼は、気高く美しい。物事を色眼鏡《いろめがね》など通さずに、真っ直《ます》ぐ見ようとする。見目も朱虎の心根を反映したみたいに、ふわふわの金髪も、緋色の瞳も、どこまでも透き通っていた。

汚い猫、そう評されるいわれはどこにもない。碧泉は自信を持って言える。むしろ自慢さえできる存在だ。

朱虎は首を傾げたかと思えば、ぽつりと言った。

「……それなら、醜い、も否定をすべきだ。碧泉は、違う、そうではない。よくわからない人間ではあるが、あたたかい」

朱虎の言葉に、碧泉はしばし呆気にとられた。

おべっかならば慣れている。擦《す》り寄る従者はいくらでもいる。それが悪いとは思わない。欠片でも本心が混ざっていれば、受け入れてきた。王たる者、そのくらいの器でなくてはいけないから。

けれども朱虎が向けるのは、おだてでも盲信でも何でもない、ただひたすらに純粋な心だとわかってしまったから、妙に気恥ずかしくて。碧泉は赤らむ顔を誤魔化《ごまか》す為に、朱虎の手を取ると歩き出した。

「碧泉？」

「っ、誠！　露台に戻るから、赤の実の蜜漬けと、青の実の塩漬けを持ってきて。あと、飲み物も。……朱虎、さっきの話の続きをしてあげる」

あたたかい小さな手は優しく、握り返してきた。キミの方がよほどあたたかいのに、どうして僕をあたたかいと称してくれるのだろう。少しだけ、泣きそうになった。涙なんて王たる者が見せるべきではないと父に言われて以来、一度も流していないのに。

両親は、殊に父は格別の優しさを与えてくれる。けれどいつだって根本には、碧泉に王の素質を求めていた。ただの碧泉ではなく、後継ぎだから、その優しさが貰えるのを知っていた。父の態度は正しいし、尊敬している。偉大だと思う。

誰かに、虚《むな》しくないかと問われれば、碧泉は虚しくないよと毅然《きぜん》と答えられる。理性はそう判断するから。ただ、心が本当に淋しくないかは、別の話で。

森の中で孤独だった朱虎。けれど本当の意味で孤独だったのは、豪華な宮殿で人に囲まれながら、全てを打ち明けられる人も、対等に寄り添ってくれる人もいない、碧泉の方だったかもしれない。

嗚呼《ああ》、この手を、離したくない、どうか離す日がずっとずっと、先であるように——、願わずにはいられなかった。

「明日からはね、長雨が降るよ」

朱虎に教えたのは、新月の夜だった。二人、同じ寝台に潜って、内緒話をするみたいに、そっと話した。最初こそ誠は「獣人と一緒に眠るなどとんでもない!」と何回も何回もすぐさまやめるよう忠告してきた。けれど二ヶ月無視を決め込み、一緒に寝続ければついには諦《あきら》めたらしく、三ヶ月経《た》つ今では枕元の蝋燭を灯《とも》しに来る時さえ、何も言わない。否、夜更かしはいけませんよ、と釘は刺されるが。

朱虎の綺麗な金色の睫毛が、忙しなく上下した。灯りを散らすようにちかちかと輝く睫毛と、燃える緋色の瞳の対比が何度見ても美しくて、碧泉はうっとりと見入る。

朱虎はゆっくりと、「どうして、わかる？」疑問を口にした。

「昼にお会いした時、父様に教えて貰ったのだよ。父様にはわかるから」

「……？　天気の予報、というものか。けど、それははずれることも、あるだろう？」

「絶対に外れないよ。父様だもの」

「……碧泉は、本当に父が好きだな」

「好き、というか、尊敬をしている。僕の指針だからね」

「ししん？」

「うん、こうありたい、そういうお手本のこと」

「あぁ……。そうだな。まるで大樹のような、心の大きな人ではあったと思うぞ」

朱虎は猫目を細め、日なたでまどろむような表情を浮かべた。きっと昼間のことを思い出しているのだろう。今日、はじめて朱虎は王と対面したのだ。

最初、朱虎は表情をいつも以上に固くしていた。初対面の人に人型で会うのはどうしても、緊張をするらしい。そのうえ、普段よりもずっと煌《きら》びやかな装束に着替えさせられ、一層、身を縮こまらせていた。四季の宮殿に着くや否や、マントのフードを外させたことも、緊張に拍車を掛けていたかもしれない。

けれど、仕方ないのだ。全て必要な儀式だ。何せ王に謁見《えっけん》をする時は、息子である碧泉でさえ、正装するのだ。

普段、春の宮殿にいる時も、町にお忍びで出るような素材そのままの褪《あ》せた色ではなく、藍や浅葱《あさぎ》、若竹《わかたけ》など、艶《あで》やかな色に染めた装束を着ているものの、装飾品はほとんどつけない。

唯一、滴形の翡翠の石がついた耳飾りは愛用しているが、それだけだ。そもそも愛用、というのも少し違う。生まれた時からつけているそれは、もはや躰の一部だ。

風樹国の王族は色で立場を示した。現在の王は紫、王妃は薄紅、第一王子は青、そして第二王子の碧泉は翡翠。それぞれの色を示す耳飾りを必ず身に着け、自分の従者達にも耳飾り以外でその色の宝飾品を持たせた。両陛下は、普段から首飾りや腕輪、装束そのものにも自分の色を示す宝石を散りばめていたが、碧泉は耳飾りのみを貫いていた。単純に動きやすさを重視してのことだ。

だが、王に会う時は、装束の中でも上等な物を選ぶし、腰には腰紐だけではなく布地の薄い飾り布をまとわせ、額や首、そして指にも宝飾品をつける。碧泉にとって父である前に王で、絶対的に敬うべき相手なのだ。

朱虎は深紅の装束を身に着けていた。この日の為に碧泉があつらえさせたものだ。宝飾品も装束にあわせてつけている。ただ、じゃらじゃらした飾りは鬱陶《うっとう》しくて気になるらしく、本人が何度も身動《みじろ》ぎしていた為、首飾りだけに留まっているが。

首飾りの宝石の色は敢《あ》えて翡翠を選ばず、燃えるような緋色の石にした。別に朱虎を従者として連れて来たわけではないのだから、それでいい。

幸い、緋色は宮殿で今使われていない色だし、だからこそ彼一個人を尊重できる気がした。普通は王族以外、名前に色を示す字を使うのは避けるのに、朱の色を選んで付けたのも、彼を尊重したい、そういう気持ちも少しはあった。

朱虎は出逢った頃より躰に肉が付き、頬には健康的に桃色が差すようになっていた。しかしこの時ばかりは、緊張によって顔を青白くしていた。王座の前に着くと、碧泉の隣で微動だにしない。呼吸さえ止めているのでは、そう碧泉が心配した時に王は現れた。

『碧泉、よく来たね。体調はどうだね？　ああ、その子がお前の友人になった、獣人の子か。二人とも、顔をお上げなさい』

言葉に従って碧泉は跪いたまま顔を上げた。一段高くなった位置にある王座に腰掛けた王が、慈しみに満ちた瞳を自分に向けている。髭《ひげ》に隠れた口元も穏やかに綻んでいるのがわかる。隣席では王妃が同じように、優しい顔をしていた。

『陛下、今日はお時間を下さりありがとうございます。おかげさまで、今はこの通り元気です。……兄様が先にお伝えしました通り、僕の友人を紹介にまいりました』

『……朱虎、と申し、ます。お初にお目に、掛かります』

碧泉が教えた通りの挨拶《あいさつ》を、たどたどしく朱虎は言う。よく見れば、耳も伏せている。きっと下衣の中で、尾は不安げに自身の太腿に絡まっているだろう。それが可哀想《かわいそう》で、そっと床につけられていた朱虎の手に手を重ねた。ぴくりと朱虎は身を跳ねさせて、一瞬こちらに視線を向ける。瞳でだけ笑《え》んでやれば、僅かに彼の躰が弛緩《しかん》した。

『報告を聞いてから、会えるのを楽しみにしていたよ。何せそなたは、碧泉のはじめての友人だからね。ああ、そう緊張しなくていい。私は今、王と言うより碧泉の父としてここにいる』

『国王陛下、それは言ってはいけませんよ』

悪いとは思っていなさそうに、くすくす笑いまじりに王妃が咎める。二人のもたらすやわらかな雰囲気に場の緊張は弛み、朱虎の耳もゆっくり上がっていった。

『宮殿の中でさえ、まだ環境が整っていなくて、申し訳ないね。古くからの考えを覆すのは、秩序だけでは中々に難しいのが現状だ。いっそ、布令をだしてもいいが、却《かえ》って、よくないことが発生する可能性も未だ排除ができない。……だが、私は宮殿の主として改めて、朱虎、そなたを歓迎しよう。そなたの心が許す限り、ここにいるとよい。望むのならば、いくらでも助けとなろう』

朱虎はぽかんと口を開けた。いくら碧泉から話を聞いていても、ここまで好意的に迎えられるのは、想定外だったのだろう。しばしの沈黙の後に朱虎ははっとして、辛うじて切れ切れに『あり、がとう、ござい、ます』と答えた。

『こちらこそ、碧泉の友人になってくれてありがとう。友人がいないのは淋しかろうと思っていた。私もそうだったものだからね。だが、外には出せない子だから。……朱虎よ、出逢いとは、尊いものだ。いつ何が縁《えにし》となるかわからない。どうかそれを心に留めて、時に碧泉を助けてくれる、永《なが》い友人となってやってくれれば、父としてはこのうえなく嬉しい』

朱虎が何を思ったのか、碧泉はわからない。まだ一緒にいた時間は短くて、お互いに知らないことは多い。

ただ、あの時朱虎が、王の目を真っ直ぐ見て、恭しく頭を下げたのは、真実だ。

「ふふっ、朱虎、僕はあの時、嬉しかった。たとえ形式でも、お前が頷いてくれて、まるで本当の友人になってくれたようで。……父様には、また会いに行こう、秋が来る前にはもう一度。その時にもお前がいてくれると、僕は今、信じているし、願っているからね。……そうだ、朱虎。明日からはしばらく、誠の下にお行き」

眠気にとろけはじめていた朱虎の瞳が、ぱちりと見開かれる。

「どうしてだ」

「僕は明日になれば、体調を崩してしまうからね。悔しいけれど、それはわかっているのだよ」

「……今は、元気そうだ」

「今はね。長雨がはじまったら、駄目だ」

寂寥《せきりょう》をにじませて薄く笑うと、朱虎は不機嫌そうに顔を歪めた。碧泉は前髪を耳に掛け、手遊びのように髪を指先に絡めた。目を伏せれば、長雨が近付いてきているのが、自分でもわかった。とくんとくん、鼓動とは別の芽吹きが感じる――、ぎゅう、全身を包むあたたかさに覆われて、碧泉はきょとんとした。

朱虎が細い腕を精一杯伸ばして、碧泉を抱き締めていた。少年の躰は、華奢さからは想像ができないほどあたたかい。この間と、同じ体温だ。

「……病など、こうしていれば、こない」

耳に落とされた言葉に、じわり、じわりと疼《うず》くような喜びが湧き出した。だから碧泉は、避けられないことだと知っていながらも、朱虎を抱き締め返した。朱虎の尾がゆるく碧泉の腕に絡まる。まるで甘えているみたいで、そんな些細なことがいちいち嬉しい。

二つの小さな躰は一つの生き物みたいに絡まって、夜の闇に沈んでいった。

ぽたり、ぽたぽたり。窓の外では小雨がそぼ降っている。風はなく、ただ静かにいくつもの筋を見せて落ちる。雨粒は四角く切り取られた窓の縁も濡らして、たまに室内にも入ってきた。でも、樹木を優しくさざめかす風しか知らないこの国の雨量はたかが知れていて、部屋を水浸しにはしない。本当に気まぐれに、ぽたり、濡らすだけ。

碧泉は今、頬を真っ赤に染めて寝台に臥《ふ》せていた。半刻前に替えて貰った額を濡らす布は、既にぬるくなっている。

季節の変わり目はどうしてもいけない。世界が移り変わる空気の流れが、身を蝕《むしば》む。強烈な流れに躰の中から乱されて、まだそれを自分は受け入れ切れなくて、発熱を促される。そういう感覚。

苦しくて瞳を開ければ、世界はぼやけていた。涙の膜が張っているのだ。部屋の中に人の気配は、ない。それでいい。父には政務があるし、母もそれを支えるべく隣にいなくてはならない。兄も優秀だからこそ忙しい。

呼べば、すぐに従者たちの誰かが傍に来てくれる。部屋の前には護衛の兵士もいるだろう。でも、誰もが皆、任された仕事を持っている。いつまでもただ熱を出している自分の傍にいるのは非効率だ。

わかっている、だからこそ昨年、冬が春になる時に言ったのだ。一人でも大丈夫だよ、熱が出るだけで慣れているから、と。

父は碧泉の言葉を聞くと髪を撫でて、『乗り越えてこその、未来だ』と言って薬をくれた。国中の他のどの薬も碧泉の熱には効かないが、父が与える薬だけは少し、呼吸を楽にしてくれる。もちろん今回も、貰っている。

碧泉の申し入れと王の承認によって、新しい季節と共に迎える発熱の間は、必要最低限の世話しかされなくなった。それでも今年、春を迎える時までは、心配性の誠は何かと覗きに来ていた。そのせいで、部屋の番をしている兵士に咎められていたものだ。けれど、誠は春から植物園の管理も任されている。雨に濡れ過ぎたら枯れてしまう植物もあるから、今頃はその対策に忙しいだろう。今回はとんと彼の姿を見なかった。

自分から言い出したことだ。父の言う通り乗り越えねばならないから、そうするべきだと判断した。これは正しい選択だ。わかっている。

でも、熱が出たばかりの時はよくない。無意識に誰かを呼びそうになるのだ。わかっている、それなのに、胸の真ん中にぽっかり穴が開いたような、心もとない気分になって、誰かにすがりたくなる。駄目だ、王になる人間なのに、そんなに弱くては——、ふにゅ、額に妙な重みを感じた。ぬるくなった布を何かに押さえられたのだ。

一体、何に——、のろのろと視線を上げた。

「あ、けとら」

熱に水分を奪われている喉は、掠れた声を生んだ。一瞬、熱の見せた幻覚かと思ったものの、そこにいたのはたしかに朱虎だった。仔猫姿でちょこんと碧泉の枕元に座って、前足を額にのせている。そしてふみゅふみゅと額の上をこねる。

「うつら、ないと思うけれど、万が一、あるといけない、から……、誠の部屋に、お行き」

獣姿の朱虎は返事をしない。言葉を理解しているだろうに、知らん顔をして碧泉の肩に頭をのせて、丸くなって目蓋を閉ざした。

発熱した碧泉の躰は、獣の彼にはちょうどいいあたたかさなのだろうか。そもそも、どうして獣の姿に——、ああ、いつもと違って一刻おきに兵士が中を覗くからか。マントをかぶっていても朱虎はあまり人前には出たがらない。

それにもしかしたら、子どもの格好ではすぐに追い出されるかもしれない。病の碧泉から騒がしいのを避けようとか、万が一熱が移っては面倒だとか、子ども姿の朱虎が追放される理由はいくらでも想像できた。反して、仔猫姿ならば、碧泉の愛猫としか思われないだろう。

――では、追放されないように、彼はこの格好なのか。

――そもそもどうして追放されたくないのだろう。


「朱虎……、外に、」

もう一度呟いた声は、朱虎の舌に食べられた。唇を、べろりと舐められたのだ。

「ん……、」

薄い舌はざらついて不思議な感触がする。もう一度口を開こうとすれば、また舐められる。言葉はないのに、余計な心配はせずに寝なさい、子を宥《なだ》める親みたいに優しい気配が伝わってくる。どちらかと言えば、自分の方が彼にとって、親にも似た信頼できる存在になろうとしていた筈なのに。

おかしいな、不思議だな、でも、心がほわっと優しい綿毛に包まれたように、あったかい。

頬を寄せれば朱虎の躰に触れた。ふわふわの毛皮。それが気持ち良くて、いつの間にか胸に空いた穴のことなんて忘れて、眠りへ落ちた。

夢うつつの中で『今更、外になど、おかしなことを言うな。傍においたのは、お前だ。そして俺も今は……、望んでいるのだから』友人の独白が聞こえた。目を開けて、彼の顔が見たいのに、躰は気怠くて言うことを聞かない。


成長すれば、発熱からは解放される。碧泉はそれを事実として知っていた。

実際、十三歳になると、発熱しても一日で快復するようになった。それでも朱虎は必ず傍にいる。仔猫の姿で丸くなって。

「朱虎は、誠みたいに心配性だ」

寝台に横になる碧泉からは、幼子の面影は薄くなりつつあった。七歳の頃に比べ身長もぐんと伸び、高かった声は落ち着いたものに変わった。

もっとも碧泉はもともと線が細く、中性的な顔立ちをしている。だから昔を知る人こそ男性らしくなってきたと評価してくれるものの、知らない人からは相変わらず少女と勘違いされることが多かった。今なお、お忍びで誠と朱虎を伴《ともな》って行く町ではじめて会う人には、大概、見誤られる。

別に少女と思われたところで特段不都合はないけれど、もう少し、王になる者として威厳は欲しい気がする。しかし碧泉が願ったところで、筋肉のつきにくい体質は変わらない。いっそ髪を兄のように短く切ってみようかと思ったものの、世話役の侍女《じじょ》たちの猛反対にあったうえに、朱虎まで残念そうな顔をするものだから実践はできず、相変わらず肩に付く長さを保っている。どうにも碧泉の艶やかな黒髪を、本人以上に周りの人間が気に入っているらしい。

もう少し年を重ねれば、変化するだろうか。そう思ってはみるが、すらりと長身の兄を思い浮かべると、遠い現実にため息を吐きたくもなる。たぶん、兄が自分と同じ年頃の時は、頭一個分は背が高かった。羨《うらや》んでも仕方ないとはいえ、同じ両親を持つからこそ羨みたくもなる。

知識や剣の腕なら磨けばいいが、体格差ばかりはどうにもならない。むしろ兄は好まない、滋養強壮にいい青の実を自分はよく食べているのだし、兄より立派になってもいい筈なのだけれども。中々思うようにはいかないものだ。

朱虎が仔猫姿のまま、碧泉の頬を舐めた。ぺろぺろとざらついた舌がくすぐったい。相変わらず少女に見間違われるとはいえ、確実に成長している碧泉に対して、朱虎はその実、昔とほとんど変わらなかった。

碧泉が耳の付け根を撫でると、ぶるりと身震いをした朱虎が人の姿を取る。いつしか二人の間で生まれた一つの儀式――、いや、碧泉のおねだり、というべきだろうか。朱虎に人型をとって欲しい時、碧泉はそこを撫でた。言葉よりも強制力はなく、嫌なら従わないでいい、そういうあやふやなおねだりだ。でも、朱虎が断ったことは、これまで一度もない。

「……心配するに決まっているだろう。碧泉はいつも、とても、苦しそうなのだから」

ぴるる、と跳ねる耳を囲むふわふわの金髪。出逢った頃は短かったが、今では肩甲骨《けんこうこつ》を隠す長さに伸びている——、けれど、身長や体格は、出逢った頃と大差ない。口調は言葉を知るにつれてしっかりして、たしかに朱虎も年を重ねている。それでも顔立ちは身長同様に、幼いままなのだ。

二人の身長差が開くにつれて、碧泉は朱虎の病を疑った。心配のあまり十歳の時に国一番の医師を呼ぼうと考え、その旨《むね》を本人に伝えた。すると朱虎はあっけらかんと「獣人の成長速度は人とは違うものだ。成長期がやってくれば、一気に伸びる。俺自身、一度体験している」そう答えをくれたものだから、それ以降は気にしないことにした。

ただ、可愛いなと思う気持ちが日毎に増す。年は自分と近いと知っていても、視覚に入る姿が幼ければどうしても、小さい子を相手にしている気にもなってくる。朱虎はたまにその扱いに膨れ面になるが、それがまた可愛くて、末っ子の碧泉にとって弟みたいに愛《いと》おしい。

「昔ほど苦しくは、ないよ」

「見ている側としては、寝込む日は短くなっても、同じように苦しげだ。さぁ、寝ろ」

「さっきまで寝ていたから、眠くなくてね。だから、朱虎、少しお話しよう」

臥せている間だけは、兄と弟の役割は逆転する。でも、彼にだからできる甘えだ。

朱虎は小さくため息を吐いたものの、仔猫の姿には戻らなかった。窓から覗く空には鱗雲《うろこぐも》が浮かんでいる。夏より日の短い秋を迎えつつあるとはいえ、空は澄み切った青色で、まだ夜は遠い。

「朱虎、先日の――」

「――待て。誰か来た」

朱虎の耳が扉の方へ向きを変えた。しばらく耳を澄ますと、朱虎は「青磁王子、だな」ぽそりと呟いて、仔猫に姿を変えた。遅れてトントントン、扉を叩く音が響く。

碧泉は半身を起こしてから、「どうぞ」と入室を促した。すると朱虎の言った通り、青磁が入ってきた。

「兄様、どうなさったのですか？　この時期に僕の下にいらっしゃるのは、珍しいですね」

「少し思い立ってな。調子はどうだ？」

「以前よりは大分楽です。明日にも床から出られるかと……、あれ、蓮は？」

「ああ、連れていない。どこにでもついてきたがるが、あれにもあれの仕事があるからな」

寝台の隅《すみ》で丸まっていた朱虎が、少しだけ緊張をといたのがわかる。初対面で蓮に敵意を向けられて以来、朱虎は蓮が苦手だ。そのうえ、主人である青磁も苦手になってしまったらしい。

「碧泉の兄で、碧泉が尊敬しているのはわかるが、苦手なものは苦手だ」そう宣言をして、青磁に会う時は大概仔猫姿を保って、ろくに会話をしようとはしない。

碧泉としては兄をもっときちんと知って欲しいと思うが、無理強《むりじ》いしたくはない。苦手な気持ちが増す予感もしたし、人の好き嫌いは誰かに強制できるものではない。ただ、自分の敬愛する身内のことを、自分の友人には嫌わないで欲しい。そう願うエゴもたしかにあって。

何かよい切っ掛けがあればきっと、朱虎も心を開いてくれると思うのだけれども。中々切っ掛けが見つからないでいる。

今日もまた、仔猫姿を貫く朱虎に内心で肩を落としながらも、碧泉は仔猫を膝の上へ導いた。仔猫は慣れた様子で、自分が一番納まりのいい場所で丸くなる。

「碧泉も春には成人だな。恐らくその頃には、寝込むこともなくなろう。……ふっ、今からお前の成人の儀を見るのが、我輩は楽しみでならなくてな。国を挙げての儀式にするべく、国王陛下も今、いろいろと動かれている」

青磁は寝台の脇にある椅子に腰掛けると、碧泉の額へ手を伸ばした。何気ない仕草、けれどその手のあまりの冷たさに、碧泉はぎょっとした。

火照《ほて》った躰に冷たい手は心地よい。

だが純粋にそう思うには、冷え過ぎていて。

「兄様、外に行かれていたのですか？　手が、とても冷たい」

「いや、外には出ていないが……、冷たいか？　ふむ、我輩も、自覚がないだけで体調が優れないのだろうか。お前に移すといけないから、もうお暇《いとま》しよう。顔も見られたわけだしな」

青磁はどこか弱々しく笑った。そのまま立ち去ろうとする青磁に、碧泉は妙な胸騒ぎを覚え

て「兄様、」思わず呼び止めた。

「なんだい？」

「あの……、お忙しいとは思いますが、ゆっくりお休みもなさって下さい」

「ありがとう」礼を言う姿もいつもより覇気が感じられなかった。扉の向こうに消えた背中を見つめたまま、寝巻の胸元をきつく握った。手の甲に濡れた感触がして視線を下げれば、朱虎が舌を這《は》わせていた。

「……元気、なかったね。早くよくなって下さると、いいのだけれど」


不吉な予感が的中したのを知るのは、一週間後の小春日和の日だった。

家庭教師の授業も、剣術の稽古《けいこ》もない、碧泉の休養日。露台で朱虎に天文学を教えている最中に、突然、髪を振り乱し必死の形相《ぎょうそう》をした蓮が現れた。

彼女が一人で春の宮殿に来るなど、珍しい。いや、はじめてではないだろうか。そのうえ、いつもは女であることを嘗《な》められぬよう、決して脱がない甲冑も着ていなかったものだから、一瞬、誰だか気付くのに遅れた。

呆気にとられている二人をよそに、蓮は「碧泉様！」甲高い声で詰め寄って来た。

「あなた様は長きに亘《わた》る高熱など慣れていらっしゃるでしょう⁉　青磁王子のお熱もどうにかして下さいませ…っ！　わたくし、わたくし……、心配で、もうッ！」

最後の方は涙混じりだった。こんなにも悲愴《ひそう》に暮れた彼女を見るのもはじめてで、碧泉は驚いた。いつもは凛《りん》として、自身に満ちた女剣士だから――待て、青磁王子の、熱？

彼女の言葉にはっとする。

「兄様が……、長期間、熱を？　いつからだ、蓮！」

「っ、一週間前からです！　夜の政務をこなしてからお眠りになって、それからずっと熱が引かないのです！」

初耳だった。そんな話は、どこからも聞いていない。報告を受けていない。

「どうして早く言わなかった！」

「両陛下と碧泉様にはまだ言わないようにと、青磁王子が熱で苦しみながらもおっしゃったからですわ！　心配はさせたくないと……、でも、医師も薬師も呼びましたけれど、原因がわからなくて」

「っそんな……、」

足元がぐらつく。咄嗟に隣に立っていた朱虎が肩を支えてくれたおかげで、どうにかその場に留まる。それでも不安で、胸が押し潰されそうだった。目に見えない、薄闇で世界が覆われた気さえする。

碧泉にとって青磁の存在はなくてはならなかった。何でもそつなくこなせる兄は、心から頼りにできる人だ。父もよく碧泉に「お前が王として率いて、青磁がお前だけでは足りぬ部分を補填《ほてん》するのだ。そうやって国を作りなさい」と諭したし、兄と二人でそんな未来を語ったこともある。当たり前に、隣にいてくれると信じていた存在——、違う、信じる前から、心に、魂に刻まれていた。いっそ世界の道理に似ている。

それなのに一週間も高熱が引かず、医師や薬師にも原因がわからないなんて。青磁はこれまで大病を患《わずら》ったことがないというのに、一体、どうして——。

「碧泉様、お熱の際には国王陛下から東の森の薬草を煎《せん》じた薬を、頂いているでしょう？　どうかそれをお恵み下さい。薬師が言うには、あの薬であれば、熱には確実に効果があるだろうとのことですわ」

たしかにいつも薬は貰っている。しかし、余分に貰ってはいない。都度飲み切ってしまって手元にはないのだ。

素直にそれを伝えれば、蓮は絶望した顔をする。

「そんな……、では、どうすれば」

「あの薬ならば、父様に貰えば——」

碧泉の言葉を遮るように、蓮が頭を横に振った。

「いえ、無理です。碧泉様も、ご存知でしょう？　あの薬は本来、国王陛下の為のもの。人が栽培はできず、とても稀少《きしょう》で……、だから東の森は聖域に指定され、国王陛下だけの土地なのですわ」

兄様の為ならきっと分けて下さる――、そう言おうとして、碧泉は口ごもった。父のことを王として尊敬している。

だが世間一般的な父親としては、褒められないところがあるのも薄々感じていた。将来王となることが決まっている碧泉と、そうではない青磁に対しての接し方は、どうしても異なるところがあったから。

もしも碧泉が父に、青磁の為に薬草を与えるよう懇願したら、父は頷くだろうか。碧泉が絶対に体調を崩さない保証があれば、きっと与えてくれるだろう。しかし、そのような保証、人として生きている限りない。万が一でも、億が一でも碧泉の健康に懸念が存在する以上、父は首を縦には振らない。

仮に青磁に与えて薬草が不足している時期に碧泉が体調を崩したら、救えないかもしれないから。わずかな可能性を憂慮《ゆうりょ》して、一番に碧泉を思いやって、青磁を見捨てるのが、碧泉にもわかってしまった。

父は青磁のことも、大事にしている。成人後、すぐさま政務に就かせたのも、優秀な息子を重んじているからこそだ。けれど、もしも青磁ができそこないであったら、足りぬ部分を補填する、その役割を担うのは別の王族か従者になっていただろう。そういう隔《へだ》たりがどうしてもあった。

兄様の温厚な人柄に触れれば、優劣だけでは評価できない人だとわかるのに。どうして父様にはわからないのだろう。

碧泉はいつも残念に思った。だが王たる宿命なのだと思えば、仕方がないとも諦められた。せめて自分が王になった時は、兄のあたたかなところも大切にしようと密《ひそ》やかに決意をして。

自分が後から許しを得ることにして、蓮に東の森へ行って貰おうか――、いや、駄目だ。もしも森に侵入してから兵士に見つかったら、いくら青磁の従者でも手打ちにされてしまう。それなら父に自分の為に分けてくれぬかお願いを――、つい先達《せんだっ》て秋を迎えたばかりなのに訝《いぶか》しがられるし、医師を呼ばれてしまうだろう。誠に行って貰うのは――、誠だって、王の許可なく行けば蓮と同じだ。それならば、自分が行くしか、ない。

碧泉は決意した。

「僕が薬草を取ってくる。薬草がどのようなものかは見たことがあるし、誰も、怒れないだろう?」

「碧泉様……、」

「碧泉！　駄目だ！」

蓮の声をかき消し、朱虎が鋭く言った。蓮は忌々しげに朱虎を睨むと「碧泉様のご厚意を切り捨てるとはどういうおつもり？　それとも何か、お前は青磁王子に恨みでもあるの⁉」怒りで肩を震わせながら怒鳴った。

「そのようなもの、ない。だが碧泉は……、外に出たことがない。禁じられているのを、あなたも知っている筈だ」

「承知ですわ。でも、来年、成人を迎えれば解禁されること。遅いか早いかの違いではありませんか。何よりも今は一刻を争うの。このまま高熱が続けば、青磁王子の御身がもたないと医師は言っているのよッ！」

「だが東の森は歩いて一日、往復すれば二日も掛かる場所だろう。そんなところに碧泉を、」

「朱虎、僕は行くよ」

朱虎が眉間にシワを寄せたまま、こちらを振り返った。

彼が自分の身を案じてくれているのはわかる。その気持ちはとても嬉しい。でも、これまでも町には何度か行った。東の森ははじめてだけれども場所は知っているし、地図をよく見て向かえば、迷うこともあるまい。何より大切な兄を救いたい、強く思って。

「蓮、明後日《あさって》には必ず持ってくるから、それまでキミは兄様の傍にいておくれ。朱虎、お前は僕の留守をしばし隠す為に、ここに残って――」

「嫌だ、行くな」

「朱虎、何を言われても僕は行くよ。行かなくてはならない」

優しく、それでいて譲らない意思の強さを伝えれば、朱虎は悔しそうに下唇を噛み、ぎゅっと碧泉の装束の裾《すそ》を握った。上目使いにじとっと、こちらを射抜く。

「……どうしても行くのならば、ついていく。さもなくば、四季の宮殿に行って碧泉が何をしようとしているのか報告する」

一度決めたら、朱虎も頑固だ。碧泉が寝込んでいる間ずっと傍にいるのも、頑なさの一例と言えよう。それは偶にどうしようもなく厄介だし、面倒なのも正直な本音だけれども、同時にだからこそ傍にいて居心地がよくて、誰よりも心を許せると思う。何の陰りもない真っ直ぐな朱虎だから。

碧泉は眉を下げ小さく息を吐くと、朱虎の頭を撫で「では、支度をしようか」促した。


東の森へ行く道中は静かなものだった。いつもは風見市に近付くにつれ、芸小屋の音楽が聞こえ、人々が買い物を楽しむ光景が見えるものだが、正反対に位置する森は賑やかさとは無縁だ。たまに風がやわらかく吹き、木の葉を揺らし、見えないどこかで小鳥たちが囀《さえず》るだけ。

宮殿を抜けてしばらくは、左右に草薮《くさやぶ》が生《お》い茂《しげ》る砂道が続いた。碧泉は革製の長靴を砂で汚しながら歩いた。マントを羽織った肩には仔猫姿の朱虎が、器用にバランスを取って乗っている。人でいるよりも鼻が利くからと、彼は獣姿で同行を決めたのだ。

「……それにしても、誠は何用で夏の宮殿に行っているのだろう。できれば、ついてきて欲しかったけれど」

宮殿を出る前に、碧泉は誠を探した。いつも外へ出る手引きをしてくれるのは誠だったし、同行して貰えるのなら心強い。一人で行かせるわけにはいかないが、一緒に行く分には、万が一見つかった時もいくらでも庇《かば》う言い訳も思い浮かんだ。

しかし、誠は春の宮殿のどこにも見当たらなかった。朱虎も春の宮殿内に誠の臭《にお》いはしないと言う。そして他の従者に尋ねて返って来たのが、夏の宮殿に出掛けている、という答えだったのだ。

四季の宮殿ならば、何かと用事もあるだろう。しかし、両陛下の私室とも呼べる夏の宮殿は、気軽に立ち入れる領域ではない。碧泉も二人に会うのは、四季の宮殿での対面がほとんどだったし、ましてや誠一人で行く用事とは何だったのだろう。もしかすると、春になれば碧泉の成人の儀があるからその為とか、それならばあり得そうだ。誠は碧泉が生まれた時に授けられた従者で、碧泉はもちろん、両陛下からの信頼も厚い。

道が枝分かれする。左手はこれまで歩いてきたのと同じ砂道で、急傾斜の坂道をずっと下っていけば、青と緑の混ざった海へ繋がる。碧泉はまだ、話しか聞いたことのない場所の一つだ。右手の道は進むにつれ地面の色が濃くなり、砂から土へ変わる。道のわきに茂る植物も草薮から樹木に変わり、森のはじまりを案内していた。同時に、行き止まりでもある。侵入者を拒む茨《いばら》の蔦《つた》が、壁のようにそびえているのだ。

地図で見た通り、ここが東の森の入り口だ。

森の中をずっと、真っ直ぐ歩いて行けば、目的の薬草が群生《ぐんせい》している場所に辿り着く。森の奥は山に続き、その先は海に繋がる。繋がるとはいえ、切り立った崖《がけ》は険しく、到底、下りられない。逆も然《しか》りで、海から崖伝いに山を越え森への侵入は極めて困難だ。つまり、出入り口は陸路に限る。

しかし、茨の垣根は視界の消失点まで続き、切れ目もまるで見当たらない。そのうえ茨は毒を持ち、かき分けて強引に進めば、傷口がぐずぐずにただれるのは避けられない――、もっとも、完全に塞《ふさ》がれていては、所有者さえ森に立ち入れない。

茨の垣根に沿って、西へ向かって歩いた。そうすれば一部だけ、微かに小さな白い花が咲く茨が見つかる。一見すると毒茨にそっくりだが、これは全く別の植物だ。性質も違い、触れるとトゲも葉も伏せ、空間を作るのだ。ちょうど、人が一人通れるくらいの。

父から伝え聞いて、碧泉は秘密の入り口を把握していた。だから毒茨に不安はなかった。ただ、大丈夫と自分に言い聞かせながらも、薄暗い森に心細さは少しあって。

でも、森の歩き方は昔、兄に知識として教えて貰ったことがある。地図を必ず持って、迷わぬように印を木々に残して、陽がある時は日の光で方角を読む。そうしないと人は、森の中でぐるぐると同じ道を回ってしまう危険があるから。地図も目印にする紐も忘れていない、薬草を保存する皮袋も持っている、大丈夫。

それに何より、朱虎も付いてきてくれている。彼は森の中にいた経験があるし、方向感覚もとても優れている。町で一度行ったきりの場所も覚えているし、宮殿でも聞いただけの場所さえきちんと理解している。最初こそ置いていこうと思ったけれど、彼がいるのといないのとでは、この外出の苦労は大きく変わっただろう。

いずれ誰かしら、碧泉がいないことに気付くだろう。だが碧泉は休養日で、宮殿内であればどこにいるのも自由な日だ。予定が組まれている日より、発覚は遅れるに違いない。

宮殿内はしばらく大変な騒ぎになるだろう。申し訳ないことだ。だが、青磁の為にどうしても必要だから、引き返す気はない。

時間を掛けてでも父を説得する、本当はそれが正しいのかもしれない。けれど、あまりにも時間が経ってしまったら、取り返しのつかないことになる可能性だって、ある。

時間はいつだって、止まってはくれない。

「行こうか、朱虎」

声を掛ければ、とん、と朱虎が肩から下りた。自分が道案内をすると言わんばかりに尾を高く上げて、碧泉を振り返って――、途端に全身の毛を逆立てた。

「朱虎――？」

朱虎が吼《ほ》える。

同時に、凄まじい勢いで視界が揺れた。目の前の景色が凪みたいに、ざざざっと流れる。

右半身に鮮烈な痛みが走る。突然の衝撃に、呻《うめ》き声さえ上がらなかった。

頬に触れるざらついたものは、樹皮だ。どうやら樹に躰を強《したた》かに打ち付けたらしい。右半身が痛みでじんじん痺《しび》れる。それだけでなく、左わき腹にも、響くような痛みがある。樹にもたれ掛かったまま、立ち上がれない。

一体、何が起きたのだろう。何かに、突き飛ばされた。突き飛ばす？　動物か、何か――。

ちかちかする目を懸命に上げれば、そこには碧泉の二倍は身長がある、山みたいな筋肉を持つ男が三人いた。皆、じゃらじゃらと宝飾品をまとい、大ぶりの長剣やこん棒を持っている。

――賊だ。

これまで、出会った経験はない。ただ、話には聞いていた。民の中には心根の曲がった者もいて、賊と呼ばれ、他人の金品を奪うのだと。大概、彼らは筋肉隆々で暴力に物を言わせる、野蛮《やばん》な輩。

もちろん、国は彼らが罪を犯せば取り締まる。しかし、悪知恵の働く人間は法の隙間を掻い潜ったり、見つからぬように隠蔽をしたり、全てを取り締まりきれないのが現状だ。

風樹国は近隣国との国交こそ穏やかだが、内乱の種はあちらこちらに眠っている。だからこそ、父も兄も日々頭を悩ませて政務に励んでいる。知っている――、でも、それらは全て聞いたことがあるだけで、碧泉にとって現実ではなかった。

「随分と綺麗な格好したガキだなぁ？　どこに行くん――ッうわあぁ！　何だっ、この猫！　痛ぇ！」

中央にいた男の叫び声に、碧泉ははっとした。いつの間にか朱虎が、男の腕に噛み付いて、爪を立てているではないか。

小さな獣の与えた痛みに、男は長剣を落とした。

「この野郎！」

「貸せ！　ってえ！　くそっ、ちょこまかと！」

捕らえられそうになると、ひらりと身をかわして、朱虎は別の男に攻撃をする。威嚇《いかく》して、全身で果敢に立ち向かう。

碧泉は痛むわき腹に顔をしかめながらも、急いで男が落とした長剣を拾った。男たちに刃を向ける。大ぶりだが充分扱える範囲だ。ただ、人を斬《き》った経験は――ない。

――斬る、のか？

――いくら暴力をふるってきたとはいえ、命を、摘む？

一瞬のためらいが、致命的な隙になった。

碧泉が剣を振りかぶるより先に、男の一人が容赦なく碧泉の手を蹴った。剣は飛び、手には激痛が走った。赤くなって、痺れて、力が入らない。

男の責め苦は待つことを知らない。そのまま碧泉の腹にもう一発蹴りをいれた。躰が毬のように地面を跳ねる。草薮は露出した碧泉のやわらかな膚《はだ》を傷付け、血がにじむ。もはやどこが痛いのかさえ、よくわからない。全身が燃えるように熱い。暴行を加えられた腹の中が逆流して、喉を焼く。

それは箱庭の中で守られてきた十三歳の少年が、はじめて受ける蹂躙《じゅうりん》だった。

「つう…、げぇ、がはっ……、ふっ」

「ぎゃははっ、汚ねぇな。装束もひん剥いて売るんだから、汚すんじゃねぇぞ！　ん…？　お、おい！　お前ら見ろ！」

「今それどころじゃねぇよ！　ん、なんだ、ひゃは！　急に大人しくなった、な！」

かすむ視界の端で、男の一人が仔猫の首を絞めていた。朱虎は男の手にかりかりと爪をたてようとするものの、見る見る力が抜けていって。必死にそちらに行こうと手を伸ばす、でも、躰は思うように動かない。

嫌だ、朱虎が、死んでしまう、苦しんでいる、そんなの、絶対に嫌なのに――。

焼けた喉で「おねが……、やめてくれ、その子を、離して……ッ」懇願をする。ぴくんと朱虎の躰が跳ねて、もがく手が止まって、絶望が、深くなる。

朱虎を締め上げる男は、碧泉の弱々しい声に一層笑みを深くして――、ふと、手を止めて、朱虎を遠くの草薮へ放り投げた。

「おいっ、そいつは、その瞳は……！」

「だから見ろって言っただろう！」

「嘘だろ⁉　本物か、おい、もっとよく見せろ！」

前髪を掴まれ、顔を上げさせられる。かぶっていたマントのフードはとっくに落ちていて、木漏れ日の下で碧泉の瞳を明らかにした。

「こいつぁ、王様の子じゃねぇか！」


――どうして僕はお外に出てはいけないの？

小さい頃に、馬鹿の一つ覚えみたいに訊いた。従者たちは困った顔をして「碧泉様はお躰が丈夫ではありませんから。それに外にはたくさんの危険がありますから」と答えた。父も同じように「お前が自分自身を守れるようになるまではいけない。その瞳は、私の他はお前しか持たないのだからね」と優しく諭した。

全て思いやりの言葉だったから、納得した振りをした。でも、腑《ふ》に落ちない部分もたしかにあったのだ。

躰が丈夫ではないとはいっても、季節の変わり目以外は寝台にこもっていることもない。外にはたくさんの危険があるとはいっても、従者たちは皆出ているし、父も兄も出ている。心配ならば護衛をつけてくれれば、自分も出てもよいではないか。

父と自分しか持たないこの瞳を誇りに思っているが、それを見られて身分が明かされるのはどうしていけないのだろう。自分を守れないから。守れない――、一体、誰が僕を狙うの？

――自分は、それを、きちんとわかっていなかったのだ。

薄暗い地下室で、膝を抱えて俯いた。じゃらりと首輪に繋がった鎖が音を立てる。膚に触れる場所が変わって冷たい筈なのに、装束も全て脱がされた躰は鎖と同じくらい冷え切っていて、碧泉に冷たさを感じさせなかった。

あの後、猿轡《さるぐつわ》をされ袋に詰められると、一軒の古びた小屋へ運ばれた。町の中心から外れているのか、或いはどこか森の中なのかもしれない。周囲から人の気配はしなかった。

男たちの目的は、何だろう。誘拐ならば金品だろうか。どうすればここから逃げ出せる？力では敵わないのはとっくにわかっている。人気がない以上、大声を上げるのも無駄だろう。そもそも、まだ到底、大声を出せるほど躰も回復していなかった。

ぐるぐると頭を働かせる。必死に冷静さを保とうとしていた。泣き叫んでも何も解決はしない。そんなことを、王になる自分がしてはいけない。考えるのは現状打破。ここから抜け出して、まずは朱虎の下に行く。彼の無事を、確認したい。本当に？　無事なのだろうか？　わからない――、怖い、恐ろしい、こわいよ、朱虎。

未知の恐怖は碧泉にまとわりついて、気を抜くと躰中が震えそうだった。矜持《きょうじ》がなければとっくに、年相応に怯えていた。

でも、自分は知らなかったのだ。恐怖には、様々な種類があって、人を傷付ける方法は、まだ、たくさんあることを、知らなかった、知りたく、なかった。

連れられた小屋の地下室には、鉄格子《てつごうし》で区切られた牢《ろう》が四つあった。

『……この牢は？』

『ぎゃはは、あんたみたいなのを閉じ込める為の場所に決まってんだろ！　おい、早く教えてやろうぜ、王子様ご自身の行く末をよぉ』

『おら、呆けてんなよ、王子様。アンタにはとびっきりのおもてなしをしてやるから』

一番背の高い男がにんまりと笑って、手にしていた短剣で碧泉の装束を――、ああ、嫌だ、もう、思い出したくない。

碧泉は頭を抱えて、益々小さく縮こまった。目をきつく閉じる。それでも目蓋の裏をちかちか流れる映像は、おぞましくて、吐き気がこみ上げる。でももう、胃の中はとっくに空《から》っぽで、何も出てこない。嫌な記憶ばかりがとめどなく溢れる。

『俺は男には興味はなかったが、王子様、アンタならありだな』

『しかし、まさか王子様だったとはなぁ……、世の中でも俺らくらいじゃねぇの？　王子様にご奉仕して貰えるのなんてよぉ。よし、まずは俺からだ』

『おい、ぶち込むのは待て』

『はぁ⁉　お前ひん剥いておいて今更！　あ、あ、あの人だって、コイツ自身の扱いは好きにしろって言ってただろ！』

『だが、初物の方が高値で取引できる。……まぁ挿《い》れる以外で、躾けてやればいいだろう？』

男たちの目に宿る、腐った油みたいな濁《にご》り。本能的に悪寒を覚えて、牢の中で後ずさって。でもすぐに鉄格子にぶつかって、行き止まる。ぎらぎらとした六つの瞳がこのうえなく楽しそうに歪んで、手を伸ばして。

咄嗟に逃げようとすればまた暴力を振るわれて、裸にされて捻《ね》じ伏《ふ》せられて、躰中を撫で回された。今まで人に撫でられるという行為は、純粋に心があたたかくなるものと思っていた。でも、その触れ方は不気味なものだった。

ぞわり、ぞわりと躰の奥から不快感と一緒に未知の感覚を連れてくる。同年代の子どもに比べて小柄な碧泉はまだ、精通を迎えていなかった。知識としては知っていても、今行われている行為が官能を呼び起こすものとは考えず、いや、考えたくなかった。彼らが何をしようとしているのか、考えたくない。

装束でも持ち物でも奪えばいい。それで気が済むと思った、思いたかった。だが男は、売り払うと言った装束を自ら駄目にしている。どうして。嫌だ、考えたくない。どうして――、中身の躰に、それ以上の価値があると認めたからだ。

何をする、やめろ、触るな、触るな、触るな、触るな、やめて、くれ――、一体、何度言っただろう。実際に口にしたのは、もしかすると少なかったかもしれない。なぜなら、すぐに碧泉の小さな口は、男の汚い欲望で塞がれてしまったのだから。

「ふっ…、うぇ……っ、げほ、かはっ、」

自分の膝の中でえずいた。でも、何も出てこない――、否、喉に残っていた白い滴だけが、唇を汚した。

全部ただの悪夢であることを祈った。目が覚めたら自分は夕焼けを見ながら宮殿の露台でうたた寝をしていて、膝には仔猫姿の朱虎が丸まっている。二人を探していた誠が、秋に花を結ぶ橙《だいだい》の樹から花をいくつか詰んで水皿に浮かべて、辺りに秋の香りを漂わせる。それから遅いおやつを頂いて、部屋に戻って家庭教師から教わった勉強を朱虎にもわかりやすく教えてあげるのだ。

悪夢なら、きっともう一度眠れば、明ける。

明けない夜はないのだから、きっと、きっと。

ざざざざざ、懐かしい、何かの音が聞こえる。これは何だったろう。ふと鼻をくすぐったのは、湿気を含んだ草の匂い。そうだ、草を揺らす風の音だ。

ざざざざざ、東へ南へと慌ただしく吹き抜ける音を耳だけで追う。ぴくぴくとやわらかな毛に包まれた三角の耳が動く。

ざざざざざ、こんなに近くで聞いたのはいつぶりだろう。まだ、森で暮らしていた時ではないだろうか。最近は森にも全然、行っていない。そもそも宮殿の外に出ることが少ない、彼は——碧泉は、外出を禁じられている立場で、自分も一緒にしか外に出ないから。

最初は、碧泉のことを胡散臭《うさんくさ》い少年だと思った。綺麗事の正論ばかり口にして、夢物語を紡ぐ。一体腹の底では何を考えているのだろうかと疑った。それなのにあの日、どうして大人しくついていったのかは、自分でも、正直よくわからない。

力で敵わなかったから諦念《ていねん》を抱いたのかもしれないし、或いはぼんやりとした期待、もあったのかもしれない。

人に対する、期待——。

気が付いた時には森で独りだった。でも、生まれた時にはいた筈の両親に刷り込まれたのか、或いは本能か、人に近付いてはいけないことは知っていた。ただ、知っていながらも、不思議だった。

あんなにも似た見た目をしているのに、どうして近付いてはいけないのだろう。あの賑やかで、美味しそうな匂いの漂う場所には、どうして行ってはいけないのだろう。疑問に答えたのは、同じ森に棲《す》んでいた獣人の死だった。

いや、あれは死と呼ぶべきではない。殺戮、が正しい。一人の獣人を囲って剣や弓矢で襲って。生け捕りに失敗すると、その場で血を絞って、肉を削《そ》いで――、人間は獣人を食うから、見つかってはいけないのだと真実を知った。

助けに行かねば、そんな考えはちっとも頭をもたげなかった。衝撃だった。自分が捕食される生き物であるという事実に、木の上で独り震えていた。

森の中、独りで生きて独りで死ぬ他ないのだと悟った。仲間がとても少ないのは知っている。森の中をいくら駆けても、出会ったのはたった二人。そして出会えたところで分かり合えるとは限らない。

朱虎がそうであったように、獣人の中には獣たちと共に暮らす者もいる。しかし獣人は獣と違い、ずっと獣ではいられないから、獣たちが仲間と認めてくれないことも多い。認めて貰えた者は、自分が人型になることを忘れようと努める。心から信頼して貰う為に。躰が成熟していれば獣と交わりさえする。そうしてひっそりと獣人がまた増える。

朱虎はたとえ自分が成熟していたところで、仲間を増やさなかっただろうと思う。こんなにも孤独な存在は、増える必要がない。狼たちは時間と共に自分を受け入れてくれたけれど、どうしても越えられない一線は存在して、結局、孤独を思い知って。

町の賑やかさに、いつだって尾を引かれる思いがした。小柄なのをいいことに何度となく獣になって町中を走った、走った、走った――、賑やかでもどこにも居場所がないことに、影に似た空虚に食われる気がするのに――、そして、碧泉と出逢った。

胡散臭い、頭でっかちの、夢見がちな少年。きっと直に正体を現す。もしかしたら突然、襲い掛かってくるかもしれない。こいつもきっと、獣人の血が欲しいのだ。

碧泉に連れて帰られた日、雑踏の中で聞こえた会話で、朱虎は自分たちが捕食される《理由》をはじめて知った。

『獣人と情を交わすと、血を飲むのとはまた別に体質が変わるらしい』

情を交わす、その意味は朱虎にはよくわからなかったが、どうやら人間は体質を変える為に、獣人の血を狙っているのはわかった。それなら、恐らく碧泉も自分を斬りつけて、血を絞るのだろう。そうされたら、その美しい瞳に爪を立ててやろうと密やかに決意した――それなのに、どうして、彼はお腹いっぱいに食べさせてくれるのだろう。どうして清潔な水で身を清めてくれるのだろう。どうして知らないことをたくさん教えてくれるのだろう。どうして一緒に寄り添って眠ってぬくもりをくれるのだろう。どうして自分を撫でてくれるのだろう。どうしてどうしてどうしてどうして――。

碧泉は傲慢な少年だ。生まれながらに王である少年は、当たり前に与えられているものが多い。貧しい者を想像はできても、豊かな者からの目線になってしまう。でも、自分がわかっていないことを、わかっている少年だった。

自分が王族ゆえの傲慢さがあることも、語ることが理想論であることも、わからないことがあることも、一見何でもできる立場でありながら何でもはできないことも、彼は理解していた。だからと言って、そのままの現状に甘んじるのをよしとしなかった。少しでもわかろうとして、理想論を現実にすべく知識を増やして、王座に着いた暁《あかつき》には豊かな国を作れるように、ひたむきだった。人に寄り添おうと懸命だった。態度でもって、朱虎の疑問に答えてくれた。

絆された、それが一番しっくりくるかもしれない。こんな人間の傍にだったら、いてみたい。碧泉が目指すものを一緒に見てみたい。彼ならきっと、叶えられるから。そして彼ならきっと、朱虎が隣にいるのを望んでくれるから。

風前《ふうぜん》の燈火《ともしび》のように僅かだった人に対する期待が、胸の奥でごうごう燃え出す。碧泉と共にありたいというのは、朱虎にとって確固たる意思となった。

ぼんやりと、視界に青っぽい何かが映る。二度三度とまたたいて、それが先ほどから鼻孔を刺激していた青々と茂った草であるのがわかった。自分は獣姿のまま、草藪の中に横たわっていた。

どうしてこんなところに――、立ち上がろうとして、記憶が洪水のように朱虎の頭を支配する。野蛮な男たち、突き飛ばされた碧泉、更に暴力を加えられ、自分は首を絞められ――そうだ、賊に襲われたのだ。

朱虎は勢いよく立ち上がった。躰の痛みは引いている。意識を失っている間に回復したのだろう。もともと、傷は放っておけば早々に治る。

碧泉が倒れていた樹の根元へ向かう。誰もいない。するする樹に登って辺りを見渡す。鬱蒼《うっそう》とした木々が立ち並ぶだけで、人の気配は少しもない。再び地面に下り立つと、鼻を鳴らした。碧泉の匂いも、男たちの臭いも薄くなっている。一体、自分はどれほど意識を失っていたのだろう。その間に、碧泉は恐らく連れ去られた。自分は、碧泉を助けられなかったのだ。

鼻の奥がツンと痛くなった。目からは大粒の涙が零れて、朱虎は喉奥から呻き声を漏らした。哀しいのではない。ひたすらに悔しかった。

自分がもっとたくましければあんな男たち蹴散らせた。自分がもっと強ければ碧泉を守れた。自分がもっと――、嗚呼、でも今は、それよりも、碧泉を助けに行かなくては。

ぶるりと身を震わせて、朱虎は一歩を踏み出し――ドクンッ、心臓が大きく脈打った。

「ッ……?」

気のせい、だろうか。そう思った次の瞬間、全身が激痛に包まれた。

「ッつ！　ぐぅ……っ」

躰の内側で刃を振り回されているみたいに、頭の先から足の先、尻尾の先端まで至る所全てが痛い。痛くて痛くて、あまりの痛みに息さえままならず、朱虎はその場に倒れ込んだ。痛みから逃れようと地面に爪を立てる。でも地面は抉《えぐ》れるばかりで救ってくれない。

血が沸騰しそうに躰中が熱い、痛い、苦しい。頭も割れそうだ。一体どうして。いや、自分はこの痛みを知っている気がする、なんだったろう、違う、原因など今はどうでもいい。早く、早く碧泉を助けに行かなくては。その為にも宮殿に戻って、誠に事情を話して協力して貰って、一秒でも早く、碧泉を。

碧泉は命までは奪われない筈だ。そうでなければ、連れ去る理由がない。だけど早く、早く──、痛い、痛い、でも、動け、手足、走れ！

痛みで震える手足で立ち上がろうとしたその時、何もかもを消すほど強い頭痛に視界を白く塗り潰された。ひゅっと朱虎の喉が鳴って、瞳が閉ざされる。

ざざざざざ、風の中に獣の存在は隠された。

短い眠りから目覚めると立て続けに振るわれる、未知の暴力に碧泉は朦朧《もうろう》としていた。意識を保つのは酷く難しく、また、何も真実と思いたくなかった。

こんなにも、おぞましく、こんなにも、穢らわしい。この国は、自分が夢見ていたような美しさから、かけ離れているなんて。

男たちがいなくなると、冷たい石の床に頬をつけて横たわった。もう躰を丸める力すら残っていない。目を閉じるのも億劫《おっくう》で、虚《うつ》ろに目の前を見ていた。石の床の割れ目、どこかから忍び込んできた小さな虫、錆《さ》びた鉄格子の区切り。全てが無意味な情報として目に入る。

いくら鉄格子を揺さぶっても碧泉の細腕では壊せないことも、逃げようともがくと暴力によって痛い目に遭うことも、既に知っている。窓もないここでできるのは、浅い眠りに就くのと、男たちからもたらされる暴力を受けることだけ。

病に伏せる兄の存在も、朱虎の存在も、今は何もかも遠い。ここは寒くて、昏《くら》い。

カツンカツンカツン、階段を降りてくる音がして、碧泉は身を固くした。でも、起き上がる気力はなくて、横たわったまま牢の前に立ち止まる男を見上げた。男は一人だった。

「大分いい顔になってきたなぁ？」

にやにやしながら、男が牢の中に入ってくる。横を通り抜けて、牢から出る——、嗚呼、想像さえ上手くいかない。足腰に力が入らない自分が走れるとは到底思えなかったし、もし上手くいったところで上にはまだ二人いるだろう。今は、その時ではない。果たしてその時が巡ってくるのかなんて、昏くて全然わからないけれども。

男は爪先で、碧泉を軽く蹴飛ばして仰向けにした。その脇にしゃがみ込むと、懐から何かを取り出す。刃がない柄——、封印剣だ。

複雑に掛けられたまじないが見えて、碧泉は目を疑った。見間違い、だろうか。信じられない。そんな封印、考えたこともない。何の冗談だ。どくりどくり鼓動を速くする心臓と矛盾して、血は凍り付いた。

「これはな、さっき王子様の為に特別に貰った物でな。何を封印すると思う?」

男が浮かべる薄笑いに、背筋にぞぞぞと悪寒が走った。碧泉は咄嗟になけなしの力を振り絞って、躰を起こそうとした。しかし、男は見計らったように空いた手で、碧泉の肩を床に押し付けた。骨が軋《きし》むほどの力に、思わず呻く。

男は舌なめずりをして宣言した。

「――この剣はなぁ、王子様、アンタの王位継承権を封印するんだよ」

男は碧泉の瞳に映ったまじないを、真実だと教えた。

それでも、上手く理解ができなかった。

王位継承権を、封印? 僕の権利を、封じる? 生まれた時から持っていて、当然そうであるべき権利を? もはや僕の一部でもある、――その権利を?

「ははは っ、こりゃあ高値で売れるぜ。もしかすると、アンタ自身よりも高値がつくかもなぁ。楽しみだな、王子様?」

男が柄を振り上げる。咄嗟に手足をばたつかせてもがいた。だが長期間の暴力で疲弊《ひへい》した少年の力など、たかが知れていて。男の腕一本で簡単に押さえつけられる。

――やめろ、やめて、やめろ！

封印剣が落ちてくる瞬間が、いやに遅く見えた。そのまま止まってしまえばいいのに、止まってくれれば、いいのに。強く願った。

でも、現実は無慈悲《むじひ》で、男の手が止まることは、なくて――、碧泉の胸に、剣が押し付けられた。

「――ッあ、あ、うぁあああああ！」

目の前が真っ赤に染まる。躰を貫く鋭い痛みに、碧泉は絶叫した。刃はついていない。それなのに柄を押し当てられた場所に熱が集中して、躰が勝手にびくんびくんと痙攣《けいれん》した。全身の神経の奥深くに根付いているものが、無理矢理剥がされ、さらわれていく。発狂してしまいそうな激痛だ。苦しい、やめて、やめて、助けて！

それでも、救いを与える人はない。震える手は力なく、床に落ちていく。絶望には底がないのを、知った。

男がゆっくりと柄を引く。碧泉の胸から現れたのは、藍と翡翠に輝く刃を持った短剣だった。

それは今まで見たどんな封印剣よりも眩《まばゆ》く輝き、刀身そのものが宝石のようだった。

「……こいつぁ、美しいな」

男がごくりと唾《つば》を呑む。碧泉は呆けた表情で、男と短剣を眺めていた。胸を巣食うのは果てしない喪失感。気付いてしまえば、無意識にとめどなく涙が溢れる。自分の一部が、足りないと、躰が空っぽさに泣く。

「……か、えして」

弱々しい声を聞くと、男は愉しげに「返すわけねぇだろ」と答えて立ち上がった。そのまま上に戻ろうとして、ぴたりと脚を止める。

「もしもこの剣に受け入れられれば、俺が王様かぁ……、それも悪くねぇな」

短剣に魅入られたように、男はうっとりと漏らした。そして握っていた短剣を己へ向けて。

「ぐっ、は…っ」

刃は深く男の胸に沈んだ。けれど男が刃を再び抜くことはなかった。男の躰が傾いて、どさりと鈍い音を立て、その場に倒れ込む。

「おい、まだ王子様の封印、終わんねぇのか……、っておい！」

上から男が一人降りてくる。牢の前で倒れている男に駆け寄ると、呆れた顔をした。

「あーあー、馬鹿っでぇ！　お前なんかが王様になれる器なわけねぇってのに、欲見て死んじまうとか！　阿呆かよ！」

ずぶりと短剣を引き抜く。男の躰からは赤い血が溢れ出すが、不思議と剣には滴一つついていなかった。

「あー……、こんだけ綺麗だとわかんなくもねぇかな。ま、俺はそんな一か八かの可能性より、確実に得られる金の方がいいけどな」

死んだ男を隅に放って、短剣を手にした男がふと碧泉を見る。

「……へぇ、王子様、アンタ王様になる権利失うと、そういう瞳になるんだな」

男の目に映った碧泉の両の瞳は――、深く沈んだ夜の色をしていた。

ガヤガヤと客席からは人がひしめく気配がする。碧泉は幕横でそれを感じていた。薄暗く埃《ほこり》っぽいここは、地下牢と大して変わりない。違うのは、人の多さ、それだけ。

「——はい、それでは金百五十にてうさぎの獣人は、赤い帽子の奥様のものとなりました！　おめでとうございます！」

ぱらぱらと拍手が起こる。碧泉のいる場所からその光景は見えなくても、うさぎの獣人は自分と同じように裸で首輪だけつけられ、後ろ手に縛られているのを知っていた。そして首輪に繋がる鎖と『獣化する権利』を封じた剣を、競り落とした人間へ渡される。

長く淀《よど》んだ五日目の夜に碧泉が連れ出されたのは、闇競売の会場だった。風見市からほど近い裏通りにある酒屋の地下に、そこはあった。合言葉を知る人間だけが入場を許可される、法から隠れ、年に四回だけ開催される裏取引の場所。

品物の控え場所だと言って連れられた狭い部屋には、宝飾品や芸術品の他に、獣人が三人いた。目を見張る碧泉の様子に気が付いた男は『王子様は獣人なんて低俗な生き物をはじめて見るか？　こいつら自身は低俗だが、その血には価値があるんだよ』と耳元で囁いた。

『ッ獣人や人の売買は、法で禁じられている！』

『ははっ、法なんて薄っぺらい紙上の言葉に過ぎねぇだろ！　王子様、アンタ、まだわかってないのか？　ここに何で連れてこられた――』

『わかっている。僕を売りとばす為だろう』

きっぱりと言い切れば、男は目を丸くした。もっと悲嘆に暮れたり、怯えたりするのを想像していたのだろう。

そうしたい気持ちもある。目蓋の裏に浮かぶ五日間の記憶は、勝手に手足を小刻みに震えさせる。すぐさま叫び出したい恐怖と絶望もある。

でも、願っても願っても、何も変わらない。涙もとうに、尽きた。今更、泣き喚《わめ》くには、疲れきっていた。だからただ、現実を受け止めたのだ。

『わかってりゃあいいのさ。いいご主人様に高値で買ってもらえるといいなぁ？』

その言葉を最後に男は立ち去った。

一人ずつ獣人が壇上《だんじょう》に連れて行かれた。老若男女のたくさんの声が数字を言い合って値をつけ、獣人を買っていく。三人目の獣人の競《せ》りが終わると、ついに碧泉に声が掛かった。

「来い」従業員らしき男は、真っ黒な装束をまとっていた。ただでさえ薄暗い空間で帽子を目深にかぶって、顔はよくわからない。

一体、どういう人間が、この場に来ているのだろう。鎖を引かれながら碧泉は考えた。何を目的として、何を考えて、何が楽しくて、獣人を、人を売買できるのだろう。まるで理解できなかった。それでも、考えるのをやめてはいけないと思った。

買われてから自分がどのような目に遭うのか、想像は容易い。恐らく、男たちがしてきたこと——、或いはそれ以上のことを、強要されるのだろう。男たちからも、散々下卑《げび》た言葉を浴びせられた。その中には買われてからの行く末を揶揄《やゆ》するものもあったから、簡単にわかってしまった。

身が竦む恐怖、絶望、激昂《げきこう》、どれが正解なのか、自分の感情なのにもはやよくわからない。ただ、変えるには自らが動くしかない。だから絶望には底がないけれど、少しでも明かりが見えたら動いて、もがいて、逃げ出すのだ。

辛うじて碧泉の正気を保たせているのは、王族としての矜持だった。蹂躙によってすり減り、細く張り詰め、触れたら切れる糸のようにもろい。それでも切れずに残っている。生まれた時から培われたそれは、碧泉を毅然とさせ、震えを止めた。

皮肉にも傍《はた》から見たら、その矜持こそが危うい魅力を増すことに、碧泉は気付かなかった。

きっと、逃げ出してみせる。いくつかは諦めても、全てを諦めたりは、しない。絶対に、しない。だから、だからどうか朱虎も、兄様も、僕の剣もそれまで無事であって——。

「次は今回の目玉商品、王族の少年です！　その美貌たるや固唾を呑むこと間違いなし。百聞《ひゃくぶん》は一見《いっけん》にしかず、さぁさ、とくとご覧あれ！」

鎖を引かれて、かがり火の下に連れ出された。壇上の中央にある柱へ鎖を括《くく》りつけられ、その場に立たされる。目蓋の裏まで焼けそうな強い明かりに、思わず目をつむった。それでも客席の人間たちが、上から下まで舐めるように自分を見ているのを感じた。ぞっとして、全身に鳥肌が立った。

ほう、と零れる感嘆の息。ひそひそとにやつきながら隣席と会話を交わす囁き。数多の欲望の入り混じった視線に、立《た》ち眩《くら》みしそうだ。

でも、こみ上げる吐き気を呑み込んで、きつく正面を睨みつけた。絶対に、自分が宮殿に帰れた暁には、こんな場所は、失くしてやる、絶対に。

「それでは今回は五十から――」

――ガッシャーン！

突然、司会の声を遮る轟音《ごうおん》が響いた。音源は地上のようだ。一体、何事だろうか。皆が地上に繋がる扉に注目した。バタンッ！　荒々しく扉が開かれて。

「っひ！」

「う、うわぁああ！　と、虎だッ！」

「きゃあああ！」

そこには一頭の虎がいた。

成人男性の三倍はある立派な体躯《たいく》と、美しい毛並みを持った大虎だった。

いきなり獣が出現して、会場内は混乱の渦中に落とされた。客は逃げ惑い、壇上に上がる者、会場の隅に隠れる者、人をかき分けながら皆自分が助かろうと必死だった。従業員でさえ呆然《ぼうぜん》として何もできない。

王家の兵士に見付かった場合の対処は想定していても、まさか大虎が出現するなど、誰も夢にも見ていなかったのだ。そもそも虎なんて、外国の山奥に行かねば遭遇することもない生き物で、大概の者が絵でしか見たことがない。碧泉とて、そうだった。

虎はのっそりと扉を潜ると、鼻を鳴らして辺りを見回す。ふと、こちらを向いて、目が合った。

タンッと床を蹴って、虎が跳び上がる。一気に客席の中央へ着地し、続けざまに跳ぶ。虎が離れた隙に雪崩《なだれ》のように出入り口には人々が殺到し、我先に逃げ出した。碧泉の隣にいた司会もいつの間にか消えている。

でも、碧泉は柱に繋がれたまま、その場から動けずにいた。物理的な理由だけではない。たとえ解放されていたところで、自分は立ち尽くしていた。

なぜなら虎の緋色の瞳はずっと、碧泉を捕らえていたからだ。他の何も見ず、真っ直ぐ、真っ直ぐと。獣に怯える本能はあるのに、その瞳を見ていると不思議と恐怖は萎《しぼ》んで。

それどころか、見知った色に安堵《あんど》さえ覚えた。

——朱虎の、瞳に似ている。

直感的にそう思った。けれど馬鹿な話だ。朱虎は猫の獣人だ。そもそも虎の獣人など、聞いたこともない！


――本当に？

――朱虎自身が、自分が猫の獣人などと、言ったことが一度でもあっただろうか？

――でも、小さな、仔猫だった。

――本当に、仔猫だったのだろうか？

――仔猫と仔虎の違いを、自分は、知らない。


はじめての疑問が頭に浮かぶ。

虎はもう一跳びすると、大きな躰に反して、軽やかに碧泉の目の前に着地した。太い手足には立派な爪、口の隙間からは白い牙《きば》、輝く宝玉《ほうぎょく》に似た瞳が碧泉を射抜く。

碧泉はただ呆然と美しい獣を見つめ返した。

「……朱、虎？」

恐る恐る呼んだ声に、虎の片耳がぴくりと動く。けれども虎は返事をしない。代わりに碧泉に向かって、大きな口を開く。鋭い牙が向かってくる。咄嗟に目を閉じた――、しかし、痛みはいつまでもやって来ない。代わりに鈍い音が近くで聞こえた。恐る恐る目を開けば、碧泉の首から伸びた鎖が、噛み砕かれていた。

続けざまに、手を縛っていた縄を咥えられる。手首に髭の感触がした。虎は碧泉を傷付けることなく、器用に縄だけを千切った。そのまま碧泉の胸の下に頭を押し込んで。

「っわ、落ち、る」

押し上げられる形で虎の背中へ跨《また》がった。咄嗟に首にしがみつけば、ビュンッと視界が流れる。虎が跳び上がったのだ。客席を跳び越えると人気のなくなった階段を駆け上がって、外を目指す。酒場は既にもぬけの空で、先ほどの音の正体は酒瓶《さかびん》や酒杯《しゅはい》が割れた音だとわかった。

酒場も抜けて、虎は外を駆ける。風のように疾《はや》く、誰もいない裏道や時に家々の屋根を伝って、夜を走る。星月夜の暗い中、迷いなく、走る。

虎がどこを目指しているのか、碧泉にはわかっていた。宮殿だ、この虎は、宮殿を目指しているのだ。

冷たい夜風が頬を包む。でも、虎の毛皮は、それ以上にあたたかかった。

間もなくして宮殿の裏手に辿り着いた。背中に乗っていただけなのに未経験の疾さを体感して、碧泉は肩で息をしていた。よろりと虎の背から下りる。途端、虎が身震いをして、輪郭を曖昧にする――、現れたのは、一人の青年だった。

「……あけ、とら、なの？」

緋色の瞳、金色の髪、それらは全て見覚えのある、朱虎のものだ。けれど目の前のその人は、碧泉の知っている幼い少年からはあまりにもかけ離れていた。

小さかった背丈はぐんと伸びて、今や碧泉を見下ろすほどだ。碧泉が背伸びをしても肩口までしか届かない。薄っぺらかった躰には筋肉がついて精悍《せいかん》で、顔立ちも幼いやわらかさは消え、凛々《りり》しい印象を見る者に与えた。

朱虎にそっくりだが、彼の兄だと言われた方が納得できる変わりぶりに、困惑した。そんな碧泉に構わず「碧泉、心配した……」と青年は腕の中に抱き締めてくる。その声もぐっと低くて、どきりとした。

でも、腕の中ですぐに確信をした。間違いなくこの青年は朱虎だ。馴染《なじ》み深い体温、お日様に似た匂い。すり、抱き締めながら頭に頬擦りをしてくるところ、ゆらゆらと尻尾が揺らめいて腕に絡んでくるところも、一緒だ。

途端、安堵が波のように全身を包む。ずっと胸の奥深くに刺さっていた憂《うれ》いがなくなって、ほっとして。

「朱虎…っ！　よかった、無事だったのだね！　本当に……、よかった、」

たくましくなった朱虎の背中に手を回した。抱き慣れない感触。けれど、親しみのある体温と匂いがする。目の奥がつんと痛くなった。涙が零れそうだ。

失ったかもしれないと思った時、心臓を氷漬けにされたみたいに胸が苦しくて、死んでしまいそうだった。浅い夢の中で何度も森の中に向かった。助けられることもあれば、冷たい躰が横たわっていることもあって、何度うなされただろう。でも、彼は今、ここにいる。あたたかい、生きている、胸からは鼓動を打つ音が聞こえる。

「碧泉、すぐに助けられず、すまない」

「僕こそ、助けに行けなくて、悪かった……。けれど、どうしたの？　急に、大きくなって」

「俺も驚いたが、成長期を迎えただけだ。以前、話しただろう。獣人の成長速度は人とは異なると。数年に一度、数日の成長痛を乗り越えると大きくなる、それだけだ。それより、碧泉、その瞳は……、どうした？」

朱虎に顔を覗き込まれた途端、再会の喜びで隠されていた記憶が、凄まじい勢いで襲い掛かってきた。

空気の淀んだ地下牢、冷たい石の床、饐《す》えた臭い、無遠慮に伸びる男たちの手、捕縛されて、裸にされて、凌辱《りょうじょく》され、そして、奪われて――。

「ッ、ぁ、あ、ああ……はっ、」

「っ碧泉？　どうした⁉　しっかりしろ！」

「嫌だ！　やめろ！　やめて…っ、触るなッ、さわら、ないで！　ごめん、なさい、やめて…、頼む、やめて……、うあ、ぁ、いやだいやだいやだいやだ……っ、かえし、て…ッ！」

目の前にいるのが、誰だかわからない。新月で暗いここは、地下牢とだぶって見える。抜け出せたのは夢で、朱虎と逢えたと思ったのも夢ではないだろうか。何度も、何度も見た希望の夢。そのすぐ後には、期待した分だけ突き落されて。

あたたかい腕の中からもがいて逃れようとした。取り返さなくては、取り返さなくては。何を？　もう今更、何も取り返せはしないのでは、ないか――？

「碧泉ッ！」

「ん――ッ、ぅ」

力強い腕に両手首を押さえられ、唇を塞がれた。じんわりとぬくもりが浸透《しんとう》する。悪夢のような五日間にも、口を吸われたことはあった。でも、そのいずれとも違う、優しくてあったかくて、心がほわっと落ち着くものだった。

自然と力が抜けた碧泉の手首から、朱虎の手が離れる。代わりに碧泉の背中に回って、幼子をあやすように手の平で撫でられた。

あたたかい、体温。お日様に似た、匂い。ここは地下牢ではない。男たちはいない。碧泉が一番、安心できる場所だ。

「……ごめん、少し、混乱、した」

「構わない、が……」

続きを訊いていいものか、朱虎が迷った表情をする。でも、隠しようのないことで、隠したところで自分の失態は誤魔化せない。

碧泉は弱々しい笑いを浮かべると、告白をした。

「――朱虎、僕はもう、王にはなれない」

「おい、見たか？　碧泉様の瞳！　やはり噂は真実だったんだな」

「見た見た！　本当に王たる証が失われていた。全く、無断外出などなさるからそんな目にあうんだ。まぁ私は元より、碧泉様より青磁王子の方が王には向いていると考えていたがな」

「はっ！　今まで散々碧泉様に媚《こ》びていた癖によく言うよ！　ま、俺だって王にならない碧泉様に用はないがな……、しかし、青磁王子にはもともと資格がないわけだろう？」

「王たる証なんて、たかが少し真実を見抜く程度の瞳だろ？　青磁王子は優れた封印師でもある。たしか封印師ならもともと、まじないを見抜けるんじゃなかったか？」

「そうだったな。青磁王子も快復されたし、それが最適だな。あの方は文武ともに優れていらっしゃるわけだし」

　宮殿のあちらこちらで囁かれる噂話は、碧泉本人の耳にも届いた。当然、隣にいる碧泉以上に耳のいい朱虎にも聞こえて、彼はそのたびに相手を射殺すような強い眼差しで睨んでいた。何度か噂をする人間の下へ飛び出そうとしたのを「言わせておいておやり」と装束の裾を掴んで宥めた。

　たぶん朱虎は、碧泉が抜け出したそもそもの原因や、守れなかった自分、宮殿を抜け出たのに気付かなかった従者たち、全てに怒っていたし、何より傷付いた碧泉をこれ以上傷つけまいと、思いやっていた。

でも、碧泉には今、朱虎の思いやりが辛かった。だって、自分が蔑まれるのは仕方のないことだから。そっと諦めに瞳を伏せた。

宮殿に帰ってきた碧泉を待ち受けていたのは、失望した人々の眼差しだった。碧泉を一目見れば誰もが碧泉の失った物を悟り、うろたえた。今まで、その瞳を失くした王など聞いたこともないし、失くさない為にこそ、成人するまでの間は外出を固く禁じられていたのだから。

碧泉から報告を受けた王である父は、激しく碧泉を叱責《しっせき》した。怒りに躰をわななかせ、「なぜ自分の立場をわきまえて行動をしなかった!」かつて見たことのない厳しい口調で責めた。その隣で母は絶句していた。

「……万が一にでも、王位継承権の剣を、その身に受け入れられる者がいたらどうする。その者が、ここに来たら、」

ひとしきり怒鳴ると、気抜けしたように力なく王は呟いた。それは碧泉も考えた、もっとも恐ろしい可能性で、あの晩も、取り返す為に闇競売会場に戻ったのだ。

しかし、朱虎と再び訪れた会場には、もう何も残っていなかった。たった数時間の間に商品と呼ばれた物は回収されたらしく、ガラクタだけになっていた。

「必ず、剣を見付けます。……王になりたいからでは、ありません。自分の犯した罪で失ったものを、また得られるなど、甘い考えは持っていません。ただ、責任として、探し出します」

膝をついて王に頭《こうべ》を垂れた。王は静かに瞳を閉じると、「碧泉よ」呼び掛けた。

「必ずや、どれほどの時を掛けようとも、どのような手を使っても探し出せ。それがお前の責務だ。そして万が一……、万が一、剣を受け入れた者が現れた時も、お前の責任として、お前自身で始末をつけよ」

「……御意《ぎょい》」

碧泉を見た誠は、その場で泣き崩れた。どうして自分を待ってくれなかったのだと碧泉を責めた。

あの時、王妃の呼び出しと言われて夏の宮殿に向かったものの、実際は伝言者の勘違いで、用事はなかったらしい。あまり見ない顔だったが伝言者を見かけたら叱《しか》らねばと思いながら春の宮殿に戻り、碧泉と朱虎がいなくなったのに気付いたという。

宮殿中を探してもいなくて、風見市や一緒に出掛けたことのある湖や森にも見当たらなくて、誠は王に報告をした。それから五日間、兵士たちが血眼になって探した。国内に布令を出す話もあがったが、民を混乱させるわけにはいくまいと、ひとまず留められ、内々で探索は続けられた。誠も一緒になって、誰よりも必死で探した。眠れない日々が続いて、そうして帰ってきた碧泉からは、王の証が奪われていて。

誠は鼻水を垂らしてぼろぼろ泣いた。自分を連れて行かなかった碧泉を責めた。でも、すぐに「辛かったでしょう、恐ろしかったでしょう……、お命が無事で、よかった」と零した。その思いやりに碧泉は窒息しそうに胸が痛くなって、でも、謝る言葉も何も出てこなかった。

優しい言葉をくれたのは、誠の他には青磁だけだった。碧泉が帰ってきた時には青磁は病から快復していて、弟の身に起きた悲劇に苦悶《くもん》の表情を浮かべた。同時に自分が父から咎められない不審に気が付いていたらしく「碧泉、我輩のことは、国王陛下に黙っていてくれたのか？」と尋ねた。碧泉はこくりと頷いた。

青磁の病の為に外へ出た——、真実の理由を話したら最後、父が行き場を失った激しい怒りを、青磁や蓮にぶつけるのは、目に見えていた。自分の失態のせいで、彼らに迷惑など掛けたくなかったから、碧泉は誰にも本当のことを言わなかった。あくまで、興味本位で外に出た結果だと言い張った。

青磁は眉を寄せて深く息を吐き「失ったものは、大きい。それでも、碧泉《おまえ》が生きて帰ってきてよかった」と言って、大きな手で碧泉の髪を撫でた。優しいぬくもりとわかっていながらも人の感触が怖くて、怖いことが苦しくて、やんわりと引き剥がした。

青磁は一瞬、もの淋しそうな顔をした。けれど、一つまばたきをすると哀愁は消えて、いつもの朗らかな微笑に変わっていた。

「碧泉、あの瞳がなくとも、お前は国王陛下の息子で、我輩の弟だ。国王陛下の他、あ、の、部、屋に入れる人間がいなくなってしまったことは問題ではあるが……、共に考えていけば、解決策も生まれよう。それから、朱虎殿」

　碧泉の隣にいた朱虎が、ぴくりと耳を動かし、青磁を見つめた。

「朱虎殿も、よくぞ碧泉を、助けてくれた。我輩からも礼を言おう」

「……いや、俺がもっと早くに成長をしていれば、もっと強ければ、防げた。責められても、礼を言われることは、」

「そのようなことはない。君がいなければ、碧泉は今もまだ、ここに帰って来られなかったかもしれない。誇っていい。……碧泉、気を落とさずに、な。また、共に歩んで行こう」

　慈悲深い兄の言葉に、碧泉は顔を歪めた。責められたり、なじられたり、けなされるのは、耐えられる。自業自得だとわかっているから。でも、優しい言葉はいけない。眼の奥から涙が溢れそうになる。そんな資格、ないのに。甘えては、いけないのに。

　だからせめてこれからは、自分の為ではなく、今なお優しさを見せてくれる人の為に、今まで自分を信じてくれていた人の為に、自分は精一杯の償《つぐな》いをしよう。結局、それさえも自己満足で自分の為という理由に回帰する気もしたけれど、そう考えないと進めなかった。父との誓いを改めて胸に深く刻んだ。

　青磁に深々と一礼をすると、秋の宮殿を後にした。渡り廊下からは町に沈む夕焼けが見えた。深い橙色は濃厚に秋の香りを運んでいる。日を浴びなかったのはたった五日なのに、懐かしくて、尊いものに感じた。

碧泉は立ち止まると、目を細めた。ただただ夕焼けを瞳に焼き付ける。

ふと、夕焼けが消えた。大きくてごつごつしたあたたかい手が、後ろから両目を隠している。目の裏では、ちかちか白い影が躍っている。

「碧泉、太陽を見過ぎると目が焼けてしまう。……春の宮殿に、帰ろう」

くすりと笑ってしまった。真実を映さなくなった瞳でさえ、大事に扱ってくれる朱虎がおかしくて、おかしくて、いとおしかった。

自分はもっと、強いと思っていた。武力ではなく、精神的に。王となるべく育てられ、それを受け入れて生きる。生半可《なまはんか》な気持ちでは務まらないことをこなしている。だから強いと、盲信していた。

盲信とわかってなお、気丈に振る舞うべきだとも心得ている、だけど。

「……ありがとう、朱虎」

手を外させると、その手に頬ずりした。従者でも兄でもない、朱虎だけには、甘えるのを赦《ゆる》される気がした。弱いところを見せても、彼は罪悪感から傍にいてくれるのを、知っていた。

ほの暗い感情が、ぽっと胸の奥に生まれた。

「朱虎、寄り道をしようか」

「……寄り道？」

「さっき、気になったことはなかった？」

沈黙ののちに「あ、、、の部屋？」と朱虎は戸惑いがちに答えた。敢えて知らぬ振りをしてくれていたのだろう。王族同士の、立ち入ったことかもしれないから。

「ついておいで、朱虎。王様の、本当の秘密を教えてあげる」

碧泉は薄く笑うと手を引いて、今度は四季の宮殿へ向かった。

宮殿には原則、王族以外立入禁止の場所がいくつかある。四季の宮殿では中庭が禁域だ。季節ごとに豊かな色彩を見せる大樹が一本植わっており、王族の憩いの空間として慈しまれている。ゆえに王族以外立入禁止なのだと従者たちは教わっていた。

夕闇を迎える中庭には誰もいなかった。宮殿自体も、一日の政務は既に終えられ、王が不在の今、人はまばらで静かだ。

ぐるりと中庭を見渡すと、碧泉は真っ直ぐ大樹――の影が差す、壁に向かって歩き出した。冷たい壁にひたりと手を触れる。ぐっと力を込めて押した。

するとたちまち壁が動いて、壁の奥に地下へ繋がる階段を見せた。隠し扉だ。

「おいで、朱虎」

背後で目をまん丸くしていた朱虎を誘う。朱虎はぎこちない動きで従った。碧泉も中に入ると、扉を閉ざす。そうすれば外からはもう、ただの壁にしか見えない。

窓のない中は暗かった。でも、完全な暗闇は寄越さない。壁がぼんやりと淡い翡翠の輝きを発しているからだ。はじめて見た時は感嘆の息を吐いたものだ。まるで星空みたいに綺麗。あれはまだ、やっと歩けるようになった幼い頃だ。

「壁が、光っている……？」

「そうだよ。ここの石材は特別な物が使われていてね。星の石と似た種類の物だけれども、少し違う。闇の中で輝くのだよ」

階段を一段一段下りていく。壁に手をつきながら、ゆっくり、慎重に。宮殿の深く深くまで、潜っていく。次第に空気が変わっていく。ああ、まだそれくらいはわかるのだな、碧泉はすうっと目を細めた。

階段を降り切った先には、廊下が続いていた。そこは外に出たのかと疑うくらい明るい。きらきらと細かい光がたくさん反射して、白色の空間を作りあげている。ぽっかりと広間のように幅のある廊下の先に、一つの扉があった。

石で作られた、重たい両開きの扉。碧泉はこの中には、たった一度しか足を踏み入れたことがない――。そして今はもう、入れない。

「……っ？　碧泉、何か、甘い匂いがして……、とても、眠い」

「朱虎には甘いのだね。今の僕には、何の匂いもしないよ。昔は、どんな美酒よりも馨《かぐわ》しい匂いがしたけれどもね」

獣人の本能が何かを警告したのか、朱虎はその場から進もうとしなかった。碧泉はそれに構わずに扉へ歩いて行く。

一歩、一歩、近付けば近付くほど、心臓がざわめく。同時にズキン、ズキンとこめかみの奥が痛んだ。でも、眠気がないなら、或いは——。

顔をしかめながらも無理矢理に足を進めて、けれども扉まであと一歩を残したところで、痛みに耐えきれなくなって膝をついた。頭が割れそうに、痛い。

「碧泉っ？」

慌てて朱虎が駆け寄って来る。すん、鼻を鳴らしたのは匂いが強烈になったからだろう。怪《け》訝《げん》な顔をしながら朱虎は、碧泉を連れて階段の前まで戻った。扉から離れれば自然と頭痛も治まって、碧泉はほっと息を吐いた。同時に、真実として自分はもう、扉の向こうに行く権利を失ってしまったのだと知った。

「朱虎、扉の中には、この国の宝玉があるのだよ」

「……宝玉？」

「うん、宝玉だ。王に選ばれた者しか触れられない……、季節を巡らせる、宝玉」

その宝玉が、部屋が、どのようにして生まれたのかは、誰も知らない。ただ、言い伝えはいくつかある。

一つは空から星がたくさん落ちてきた時に生まれた宝玉で、宝玉自らが自分を正しく作用する為に、部屋も構築したという説。宝玉と同じ藍と翡翠の瞳を持つ者だけが共鳴をして、近寄るのを許される。宝玉を主とした、言わば目に見えないこの世界を総べる強大な力が築いた仕組み。

もう一つはかつての科学の発達した文明を生きた人間が、祖国の特色である四季を尊んで、長い冬の後にも再び巡らせられるように人工的に作られた宝玉だと言う説。ただ、誰しもが触れては季節が混とんとして国が疲弊してしまうから、特別に波長が合う人間だけが触れるように、宝玉に仕掛けを施した。

自然から生じた、人工的に生み出された、他にも説は様々あったが、どれが正解か判然としない。解明するにはこの世界の科学は未発達であったたし、大体にして、王以外の人間が部屋に立ち入るとたちまち眠りに落ちてしまうのだから、調べようもない。そして必死になって解明する必要性も、王族たちは感じていなかった。

大事なのは宝玉によって、風樹国は季節を巡らせている、その事実だ。その事実をいかに守り、いかに管理するかが、自分たちの使命だと信じている。

心が宝玉に導かれるのを、碧泉は知っていた。失くした今、それは花のつぼみのようだった。普段は胸の奥深くに眠っていて、けれども季節を移ろわせる時期になると花を開かせて存在を主張する。

おいで、おいで、優しく声なき声に呼ばれるのを、幼い時から何度も感じた。兄は感じないらしい。王たる瞳を持つ父と自分だけが、感じた。

無事に季節が移ろうと、世界の全てが新たな季節に歓喜して、膨大なエネルギーが生まれる。

強大な力に幼い碧泉はいつも圧倒されて、体調を崩してしまった。今となってはそれさえも、懐かしいけれども。

　階段の一番下に二人並んで腰掛けた。遠く閉ざされた扉を見つめながら、碧泉は語った。

「あの部屋を、僕たちは恵風の間と呼んでいる。恵風の間には、四つの柱があって、そこに宝玉を置ける窪みがある。北の柱に置けば冬、東に置けば春、南に置けば夏、西に置けば秋、それぞれ季節が巡ってくる。その役割を担えるのは、藍と翡翠の瞳を持つ、王様だけ。たとえ王族でも他の人間があの部屋に入ろうとすると、たちまち眠ってしまうのだよ」

　王族だけに語り継がれている秘密だった。民は誰一人として季節は自然に巡るものだと信じて疑わないし、そうでなくてはいけなかった。

「ねぇ、朱虎。……もしも、もしも悪しき考えを持つ人間が、王様の力を奪って、季節を自分の意のままに操れるようになったら、どうなると思う？」

　朱虎は驚きに目を見開いた。碧泉の言わんとすることに気が付いたのだろう。碧泉は視線を落として、続けた。

「たとえば、その人間にとっては、春がもっとも都合がよいとする。見世物小屋の人間で、春の祭典がもっとも人入りがいいから、永久の春を願って、宝玉をそこから動かさないとする。……でもね、季節というのは正しく巡らせないと、必ずほころびが生じる。夏を待っている生き物や植物だっているし、秋や冬を待っているものもある。春に収穫できる果物だって、夏秋冬とゆるやかに気温を移して土壌を休ませて、次の春に備える。だからこそ花を咲かせて実る。春に留まり続けては、この国は疲弊してしまう。……同じ季節を繰り返しては、時の歪みも生じるのではないかと、そういう危惧《きぐ》もある」

唇が乾いて、そっと舌で舐めた。胸が押し潰されそうな痛みは、罪の大きさによる恐怖だろう。わななく唇を誤魔化すように、きつく拳を握った。

「朱虎、僕が失ったものは、封印の真実を見抜く力だけではないのだよ。この国の、四季を巡らす、絶対に守るべき力……、だからこそ資格を持つ者は、誰よりも国に対して責任を持ち、守られる存在である王に任命されてきた……、そういう、とても大きなものを、奪われてしまった」

朱虎の顔を見られなかった。真実を教えた今、率直な彼の反応が怖かった。蔑視《べっし》されて当然だとわかっている。それくらい大変なものを失った。それでも、朱虎に否定をされるのが怖い。臆病な自分は、朱虎を失うことに怯えている。ならば黙っておけばよかったのに、狡猾《こうかつ》な自分はそっと囁く。

けれども言わずにはいられなかったのだ。

ある種の懺悔《ざんげ》に近い。怯えながらも、責めて欲しかったのかもしれない。朱虎は唯一、あの五日間に碧泉が受けた凌辱を知っている。闇競売から連れ出された時の碧泉の混迷状態を目の当たりにした彼だからこそ、打ち明けた。自分一人で抱えているには大きすぎて、耐えられなかった。

だが、誰にでも言えることではなかった。碧泉の矜持と罪悪の意識は、憐《あわ》れみを向けられるのだけは耐えられなかった。でも朱虎なら、と思った。

他の誰の体温にも怯えるようになってしまったけれど、朱虎の腕の中だけは唯一安心できて、夜も彼がいれば眠れた。

逆を返せば、彼が少しでも離れていると不安で、眠り薬を飲まないと床に就けなかった。浅い眠りは何度でも、あの日の悪夢を碧泉に寄越したから。

いっそ記憶を封じてしまおうか。その考えもちらついた。きっと、楽になる。青磁に頼めば、封印剣を作ってくれるに違いない。だが、起こってしまった事実は不変だ。大体、これは自分が招いた事態なのだ。一時の安寧を得たところで、解決しなくてはいけない。自分の罪悪の重さを、しかと受け止めるべきだ——。だから、記憶を封じず、眠れない夜には震えながら薬を飲んだ。

頭上で朱虎がため息を吐いたのが聞こえた。思わず身を竦めると、ぎゅう、包み込むように抱き締められる。朱虎の体温と匂いに、塞がっていた心が少し軽くなる。

「……奪われたのなら、取り返せばいい、それだけだ。碧泉、俺も手伝うから、二人で絶対に、取り返そう。それに、誰かが手に入れたところで、ここでないと力は発揮されないのなら、警備さえきちんとしていれば、必要以上に恐れることもない……、違うか？」

低い声も自分を包む力強い腕も、まだ不慣れなのに、彼が朱虎であるその事実だけで、碧泉は身を任せられた。

だからこそ、憂いを胸に抱えても、前を歩こうと自分を叱咤できる。

「そうだね……、取り返そう。必ず、たとえどれだけ時間が掛かっても」

「――そろそろ王位継承されてもいい頃だが、ちぃっともそんな話は聞かないなぁ」

「第一王子はもう二十六歳だったか？　戴冠式《たいかんしき》がいつ開かれてもおかしくないのにな」

「え、第二王子が継ぐんだろ？　昔からそういう話だったろ？」

「ははっ、お前知らないのか？　碧泉王子と言やぁ、ここでは有名だぜ？　売られかけた王族の子ってなぁ」

「なんだい、そりゃあ」

「五、六年前だったか？　事の経緯は知らねぇが、碧泉王子は王族の子として出品されたのさ。お綺麗な顔だったからよく覚えているぜ、愛玩《あいがん》用に競り落とそうと思ったしな。ま、あの時は虎の乱入騒ぎもあって運良く逃げたみたいだが、翌春の第二王子お披露目の成人の儀では目を剥いたさ。王族は王族でも、王様の子だったんだからな！」

「へぇ！　それは俺も競ってみたかったな…、残念だ。しかし、青磁王子も碧泉王子も、王の瞳は持っていなかったよな？　成人の儀の時、拍子抜けした記憶がある」

「ああ、たしかに。でもそんなもの、たんなる伝統だろ？　違くたって務まるだろうさ。それより俺は、もう一回あの王子が出品されて欲しいものだがね」

近くの席で紡がれる下劣《げれつ》な会話を、碧泉と朱虎は努めて素知《そし》らぬ顔で聞いていた。ヘタに反応してはここにいると明かすようなものだし、お忍びで来ている以上、それはいけない。

二人は今、新たに作られた闇競売会場に客として潜り込んでいる。碧泉が王位継承権を奪われてから既に六年が経過し、その間にも二人で度々闇競売を訪れていた。この場所を見付けるのも、合言葉を知るのも苦労をした。

十九歳になった碧泉は、昔に比べてすらりと手足が伸び、背も朱虎の肩に届くようになった。しかし、同年代の男性と比べると頭半分は低く、面立ちは驚くほど変化が乏しかった。もともと童顔なのも手伝って、せいぜい成人を迎えた風にしか見えない。もっとも今その顔は、藍色のマントについたフードでほとんど隠されている。

対して朱虎は、背こそ伸びていないものの、しなやかな筋肉と共に精悍さが増していた。客席に座るのも窮屈そうで、誰が見ても立派な青年だった。その彼も碧泉と揃いのマントを目深にかぶって、顔を隠している。ここでは皆、顔を明かさないのが暗黙の了解なのだ。

会場を探り当ててから朱虎は、自分が獣になり人を全て追い出して中を探そうと、提案した。けれども碧泉は首を横に振った。朱虎の案は一か八の賭けだ。襲撃する時に、碧泉の封印剣がある確証はない。もしもなかった場合、また開催場所を変えられてしまい、手間だけが増えてしまう。

取り締まりに宮殿の兵を使うのは、王に禁じられていた。僅かばかりいる碧泉の私兵でさえ、出兵は認められていない。

理由は一つ、今国内の一部で不穏な動きがある。四年前に成立された、封印師の力を有する者は必ず国に届けることを定めた法案が、人の自由の侵害だと訴える団体が出てきたのだ。

国としては封印師による犯罪を根絶やし、民を守る為の法案だ。だが団体が訴えるには、封印師の力を持って生まれても、中には封印師になることを望まない人もいる。それにも拘わらず、届け出をさせるのは職業を強制し自由を侵害する、と言うのだ。国は話し合いの場を設け、どうにか平和裏に終結させようとしているものの、団体も頑固だ。ずるずると解決が見えないまま、対立は長く続いている。

時期尚早の法案だったと碧泉は思う。封印師よりも星の石の管理体制を整える方が、時間は掛かっても人の意思を侵さないだろう。だが、王である父が法案制定を急いだ理由もわかっている。他ならぬ碧泉が、未登録の封印剣による被害にあったからだ。

碧泉が強く反対できなかったのは、そのせいだ。結果として国と一部の民の間で、波紋が生じている。はたしてそこに、闇競売の――、不法とはいえ、民が集結してできた会合を、国が兵力を持って弾圧したら、どのような風評が広がるか。

国は民の自由を侵害し、民から権利と言う権利を剥奪《はくだつ》する気だ――。疑惑は疑惑を生む。国を信じられなくなった民は、武器を手にするかもしれない。国を築くのには莫大な時間が必要でも、たった一夜で滅ぶこともある。決して拡げてはならない綻びだ。王が禁ずるまでもなく、碧泉もここに兵をつれてくる気にはならなかった。

大体、強引に取り締まりを実行しても、朱虎による襲撃の場合と同じで、封印剣を持った人間がいなかったら振り出しに戻る。だから不法と知りながらもこの場を見逃して、客として入る方法を選択したのだ。

闇競売に参加している人間は限られているだけあり、毎度似通っていた。顔は見えなくても、声や好んで使う装束でなんとなしにわかる。同じ人間ばかりが揃うのならば、参加者の中に碧泉の短剣を持っている人間がいる可能性は高く思われたし、収集に飽きた人間は再び競売に商品を出すことも多い。

もしかしたら、まだ競り落とされず、宙ぶらりんの状態の可能性も、否定できない。碧泉は自分の短剣が出品される瞬間を見てはいないのだから。

あの騒動の後、壇上に運ばれる前の品物の行方がどうなったのか――、それとなく参加者や従業員に訊いたことはあるが、皆首を傾げるばかりだった。

いっそ賊の男を探して聞き出すことも考えた。再び対面するのを想像するだけで身の毛もよだつが、背に腹は変えられない。ただ、新会場では彼らの姿はとんと見なかった。

朱虎も、彼らの臭いを全く感じないと言う。

事の仔細を伏せ、暴行罪の犯人として手配書は国に貼られているが、六年経った。手配書も茶色くなって角が擦り切れている。もう、目撃情報は期待できないだろう。もしかしたら、金を持って国外へ出たのかもしれない。

少なくとも、王たる力をその身に取り込んだ人間は今のところいない。昔から藍と翡翠の瞳の持ち主が王だと言われてきたのだ。町中で突如《とつじょ》現れれば噂になるし、王位を望む人間なら、剣を受け入れた暁には、必ずや宮殿に向かうだろう。そして我こそが王だと名乗りを上げるに違いなかった。その力は狭い家の中で持っていたところで、無意味なもの。何より心がざわめいて、宮殿に向かわずにはいられないのだ。

宝玉に導かれる感覚を思い出して、そっと瞳を伏せた。

幾度となく、碧泉は夢を見た。顔が見えない誰かが宮殿にやって来て、我こそが王たる資格を持つ者と、名乗りを上げる場面。その誰かは悪意に満ちていて、恵風の間に向かう。父王はその場にはおらず、誰も扉の向こうに行くのを止められない。宝玉を手にした誰かは、高笑いをして宣言する。

『――これを壊すも、どこに置くのも我の自由、壊されたくなくば王座をすぐ譲り渡せ』

夢から覚めると脂汗をかいていた。心臓はばくばくと全力疾走をした後みたいに激しく鳴っていて、夜はいつまでもただの夢とは思うなと責めたてる。それでも寝台から飛び起きないのは、朱虎がいつだって碧泉を腕の中に閉じ込めているからだ。金色の睫毛を閉ざして穏やかに眠る顔を見ていると、次第に落ち着きを取り戻して、眠れた。今の自分にでき得ることを、目覚めたらまたしようと思えて。

「――皆様、お待たせいたしました。それでは早速、本日はじめの商品のご紹介に入ります」

いつもと同じ男が壇上に立った。碧泉と朱虎は目配せをすると、競売に集中をした。

商品は全てが違法なものだった。封印剣は絶対に王家の認証が得られない内容の物であったし(どうしたら殺人の記憶を封じる剣など認められよう)、宝飾品の類は表の世界で盗難被害にあったと言われている物だった。そして、人や獣人。

人が出品される場合は少ない。国が取り締まって長い歴史があるし、売買後、近所の目にも付きやすい。間引きをした方もされた方も、減ったり増えたりすればおかしいと囁かれる。それでもゼロではないのは、気付かれてでも売ろうとする人間はいるし、外国との取引は国の目を掻い潜りやすかった。

島国というのは、国境が明確だ。しかしながら、国を囲む海全てに見張りを立たせることなどできないのだから、正規の港以外から船を出すことも、その気になれば可能なのだ。

もう少し、その辺りは警備の対策を検討する余地がある。こめかみをそっと叩いた。

今や碧泉も政を担う立場だ。封印剣以外にも、頭を悩ませる問題は山積みだった。

「――次に紹介しますのは、西の海からやってきた少女。金の髪は我が国では珍しいでしょう。年は十二歳、成熟までまだ時間がありますゆえ、あなた色に染める楽しみがありましょう」

にったりと壇上で男が笑えば、周囲からも同じような笑みが浮かぶ。今までにも何度も見た光景とはいえ、胸が悪くなって碧泉は隣の席に座る朱虎の手を握った。力強く握り返されてようやく、生きた心地がする。細く息を吐いた。

それでは十から、司会の男が言うのと同時に、次々と声が上がる。本当ならば今すぐ壇上に行って、違法取引を責め立て少女を救いたい。ここに通っている間ずっと、ずっとそう思ってきた。それでも碧泉は朱虎の手を握ったまま、何も、しない、できない。

「――百五十、それでは百五十で落札です！　おめでとうございます！」

ぱらぱらと起こる拍手、次を急かす声。仮面の下で愛想笑いをする司会の下に連れてこられたのは、今度は一人の青年だった。一見するとただの人間だ。しかしよく眼をこらすと、彼の髪にはふわふわとした羽が混ざっていた。

「お次は鳥の獣人です。獣人の中ではさして珍しい種でもありませんが、鳴き声は他のどの種の獣人のひけを取りません。あなたの下でいかようにでも泣かせてみてはいかが？」

品のない文句で青年《しょうひん》が説明される。青年は首輪に繋がれて、ぼんやり空中を眺めている。羽ばたけなくなった彼の眼には、何も映っていないのだろう。あそこに立たされる獣人は皆、封印剣によって「獣化する権利」を剥奪されている。たやすく逃げられないように、獣の力で暴れないように、飼いやすいように、扱われているのだ。

ぞくりと背筋を寒気が走って、碧泉は朱虎の手を握り直した。目を閉じそうになって、必死で前を向く。今、自分は壇上には、いない。売られているのは、別の、そう、自分が見捨てる、獣人の青年だ――。

権力とは、自分よりも弱い者を守る為にこそある。そう、碧泉は思ってきた。そうであろうとしてきた。でも、今の碧泉にはその権力がないに等しかった。

最初こそ、見ているだけの自分に耐えきれず、出品された人や獣人を競り落として守った。彼らは春の宮殿に迎え入れて、衣食住と休息を保証し、今も従者として働いて貰っている。けれどそれも、途中で気付いた父に禁じられた。

『──資金は無限にはない、人ばかり競り落としては顔も覚えられよう。そもそもお前の行いは偽善に過ぎない。偽善でないと言うなれば、失われた物を取り返したうえで闇競売を摘発しなさい』

偽善でも、目の前にあるものを碧泉は守りたかった。父にも『あなたは実際に見ていないから見捨てられるのだ』と反論した。しかし、父は冷酷《れいこく》に言い放った。

『──見る必要など、そもそもあるまい』

王とは、この国を総べる存在だ。民を見守る為にも常に頂点に立ち、国を豊かにしてゆく。そのことに専念さえすれば、自ずと不穏分子は消えていく。わざわざ王自ら地上に出向く必要などあるまい、というのが父の言い分だ。

それは恐らく、王としては正しいのだろう。国の正しい方向を示して率いる。その為の政策を施せば、国の中は変わっていく。一つの事実だろう。

けれども、実際にその場に行かなくてはわからない細やかなことも、たくさんあると碧泉は思う。その訴えは、今の碧泉が言っても、届かないのだけれど。

「――百九十で落札です！　おめでとうございます」

鳥の獣人が競り落とされた。落としたのは赤色の帽子を深くかぶった女だ。以前に落としたうさぎの獣人の少女も、まだ彼女の下にいるのだろうか。

「……いずみ、手、握りすぎだ」

朱虎に声を掛けられて我に返った。「ごめん、」彼の手を離そうとすれば「そっちじゃない、逆だ」と言われる。膝にのせていた左手を見れば、強く拳を握ったせいで血がにじんでいた。

「貸せ」

朱虎は碧泉の手を奪うと、手のひらににじんだ血を、ぺろりと舐めた。薄暗い空間で誰もが、かがり火に照らされた壇上に夢中で、その行為は気付かれない。碧泉は黙ってざらついた舌が血を拭っていくのを見ていた。

いつかは朱虎も解放してやらなくては、と思う。彼はもう十分、知力も体力も満ちて、自立して生きていける。たとえ町の中でも、人の振りをして暮らせるだろう。或いは森の中で住居を持って生きることもできる。彼が望みさえすれば、町の中でも王族所有の森にでも、住居を用意するのもやぶさかではない。そうしてたまに逢うだけの存在になる。それが、本来あるべき姿だ。

だって、何の権利があって碧泉は、朱虎を傍に縛り付けているのだろう。そんな資格、ないのは知っているのに。

もう、傍に留《とど》めておく理由もない。彼は守られる幼子ではなくなった。従者でなく友人を貫くならなおのこと、この距離は本来あるべき姿ではない。

でも、朱虎は自由をくれとは言い出さない。碧泉はその理由を知っている。彼は責任を感じているのだ——、王位継承権が剥奪されたその時に、碧泉を守れなかったことを。それは決して、朱虎のせいではないのに。


——お前は悪くないよ。


簡単な一言を、碧泉はまだ言ってやれない。それこそが呪縛を解く鍵であると知っていて、まだ、まだ、あともう少しだけ、望んでしまって秘めている。

朱虎が碧泉を見つめる。どうした、そう尋ねる眼差しに、何でもないよ、と彼の頬を優しく指先で撫でて答えた。

自分は朱虎に甘えている。もっと正しい表現をするのならば、彼の優しさにつけ込んでいるのだ。知りながらも、今は短剣を取り戻さなくてはいけないから。朱虎は自分より腕っぷしも強いし鼻も利くから。その力が奪還《だっかん》の為には必要になると思うから——、言い訳を自分の中で重ねる、何重にも。

その日も結局、目的の品は出なかった。闇に紛れて帰る客たちと同様に、二人も足早に会場を去った。宮殿の近くに着くとマントを脱ぎ、通用門に向かう。門兵は、碧泉の顔を一瞥《いちべつ》だけすると、顎で中に入るよう促した。

今や碧泉は、宮殿内での権威《けんい》を失墜していた。心から従ってくれる人間など、片手で数えられる程度しかいない。誠と、碧泉が競り落とした従者だけ。春の宮殿に仕えていた従者たちの大半は態度を翻《ひるがえ》し、他の宮殿へ移った。辛うじて残っている従者や私兵は、変わらぬ風を装っても裏で何事か噂している。機会さえあれば彼らも、暇《いとま》を願う気だろう。今は未《ま》だ、従う振りをしてくれているけれど。

春の宮殿に戻っても、辺りはひっそりしていた。他のどの宮殿よりも人が少ないのだから当然だ。窓から差し込む月明かりを頼りに二人は廊下を歩いた。渡り廊下に差し掛かると、碧泉は中庭へ足を踏み出した。中庭の中心には春を告げる薄紅色の花をつけた一本の樹木があった。はらはらと舞い落ちる花びらを見上げる。花の向こうには夜空が透けて見える。この景色も明日には見納めだ。父は明日の朝に季節を夏に移ろわせることを、碧泉に教えた。季節が動く気配を感じられないのは、やはり少し、淋しい。

「朱虎、今日の手合わせをしよう」

マントを樹の根本に置いて、腰に下げていた長剣を朱虎に向けて構えた。朱虎も同じように、

わした。
けば打ち込んでくる。剣で受け止めて、払って、また一撃を与えて。繰り返し、二人で剣を交
キィイン！　刃と刃の交わる高い音が響く。右へ踏み込めば朱虎がそれをいなして、左があ
「いくよ…っ！」
剣を抜いた。

剣術は不得手《ふえて》だった。人に刃を向けるのは性に合わない。けれど、もしも自分に力があったら、あの悲劇は起こらなかったのではないか。どうしても考えてしまう。だからこそあの日以来、腕を磨いた。

実力は朱虎の方が上だ。それは朱虎も同じだ。もう二度と、同じ過ちを繰り返さない為に。

朱虎は大きな躰を活かして、大振りな剣を片手で難なく扱う。その力強さに圧倒され、碧泉は何回剣を取り落としたかわからない。それでも日々の修練は碧泉をたしかに鍛え、小柄ながらも朱虎の剛剣を受け止められるようになった。もちろん、正面からではとてもかなわない。だが力の流れを変えてやれば引けは取らない、けれども。

「っ、朱虎？　どこか、調子でも悪いの？」

鍔《つば》迫《ぜ》り合いをしながら眉をひそめた。どうにも今日の朱虎は太刀筋《たちすじ》が乱れている。いつもと違う。

「少し……、躰が熱い、それだけ、だ」

「何だって？　っ、一旦、剣を引いて」

剣を鞘《さや》に収めると、碧泉は朱虎の装束の襟元《えりもと》を掴んだ。屈んだ彼の額に掛かるやわらかな猫っ毛を手で押し上げ、自身の額をくっつける。思わず険しい表情を浮かべた。

明らかに熱い。もともと朱虎は体温が高いが、異常な熱さだ。闇競売の時は普通だった――、いや、あそこにいる時は自分も冷静さがいつもより欠けているから、本当は既に体調不良の兆《きざ》しはあったのかもしれない。

「朱虎、体調が悪いなら気が付いた時に言わないといけないよ。……でも、僕もすぐに気が付かなくてすまなかった。今日はもう、休もう」

「熱いだけだ。まだ、できる」

「駄目だよ。朱虎は今まで病気を患っていないから、わからないかもしれないけれど、こういうのは最初が肝心なのだよ。それに、去年も港町ではよくない熱病が流行っていたし、大事をとるに越したことはないよ」

寝る前に青の実を食べておこう、中庭から部屋に戻る時に言えば、朱虎はあからさまに顔をしかめた。

「赤の実がいい」

「滋養強壮には青の実だろう？　……まぁ、気持ちはわかるけれどね」

朱虎は不思議そうに碧泉の顔を見て、何かを言おうと口を薄く開いてやめた。

続きは敢えて訊かなかった。

昔は青の実が好きだった。あのえぐみが舌に馴染んだ。でも、狂乱の日々に毎日飲まされたものに微かに似ていると思ってしまった瞬間から、駄目だった。

日常のあちらこちらに、昏い記憶の欠片が散らばっている。たまに自分がどこにいるのかわからなくなって、記憶に呑み込まれそうになる。そういう時、「碧泉」朱虎の呼ぶ声が、力強くあたたかい腕が、自分を引き戻した。

後ろ暗さに気付けないくらい愚《おろ》かだったら、そのぬくもりに純粋に酔っていられたのに。

朱虎の視線から逃れるように顔を伏せて、部屋へ向かった。


何か音が聞こえる。まだ父様は季節を移ろわせてはいない筈だけれども、待ちきれない雨雲が雷を飼って急かしているのだろうか。それでも宝玉が移らなくては、そこで足踏みするばかりだ。

目を開けて確認しようか。でも億劫で、夢のほとりに留まった。どうせ明日になれば全てはっきりするのだ。わざわざ起きる必要もなかろう。

うつらうつらと意識を全て夢に委《ゆだ》ねようとした時、ふと、違和感を覚えた。雷は、こんなにも低く継続的に響いただろうか。何より音は、空よりももっと近くで聞こえる。違う、これは、声だ。誰かの、呻き声。

ぱちりと目を開いた。外からはまだ雨の匂いはしない。音の正体はやはり、呻き声だった、朱虎の。

「……朱虎、熱が上がっているの？」

背中を向けて一人丸くなっている朱虎にそっと声を掛けた。ぴくりと朱虎の尾が揺れたものの、振り向こうとはしない。耳は弱々しく伏せていて、それだけで彼の元気のなさが窺えた。

「朱虎、こちらを向いて。あまりにも酷いようなら、医師と薬師を――」

彼の肩に触れて寝返りを打たせようとした途端、碧泉の視界はぐるりと回った。

「った！　げほっ、ん、何……、」

暗闇の中でのっそりと影が動く。影は碧泉の肩に手をのせて、腰の上に跨った。朱虎に、押し倒されている。

蝋燭の炎に似た強い光を持つ瞳が、碧泉を見据える。ゆらゆら燃える虹彩に捕らえられると、ぞくりと背が粟立《あわだ》った。目の前にいるのは朱虎なのに、どうしてか、恐ろしいと感じて。

朱虎は身を屈めると、碧泉の首筋へ舌を這わせた。濡れた感触に一瞬身を竦めたものの、朱虎は気にせずにぴちゃぴちゃ音を立てて舐める。いつもより熱い舌で、何度も何度も。

碧泉はうろたえて「朱、虎……？」彼の名を呼んだ。

すると朱虎の動きがぴたりと止まった。ぎこちなく顔を上げて、呆然としている。碧泉の視線に気が付くと、弾かれたようにその場から飛び退《の》いた。同時に虎へ変化して、壁の方に駆け寄り――頭突きをはじめた。

「あ、朱虎⁉　何をしているの！　やめろ！」

碧泉の制止を無視して、朱虎は頭突きを繰り返した。ドスン、ドスン、鈍い音が部屋に響く。

一体、朱虎はどうしたのだろう。熱で幻覚でも見えているのだろうか。不安は膨らむが、とにかく、彼を止めなくては。怪我まで負ってしまう。

「朱虎っ！」

背中から被さるように朱虎の首にしがみついた。耳元へ顔を近付けて「朱虎、朱虎、落ち着いて」囁いた。

ぐううう、朱虎は喉奥で呻き、首をぶんぶん振る。碧泉は振り落とされないよう必死にしがみついた。言葉が、届いていないのだろうか。ならばもっと、声を。

「朱虎っ、僕だ、碧泉だから、落ち着い――っあ、ぐっ！」

朱虎が大きく首を振った拍子に体勢を崩して、碧泉は床に叩きつけられた。衝撃に息が詰まる。その場で咳き込んでいると、肩口に先ほど以上の重量を感じた。肩が外れそうな重さに慌てて顔を上げれば、大きな虎に組み敷かれていた。

「あけ、とら」

荒い息を吐く虎の口からは、立派な牙が見える。その牙を隠すこともせずに、虎は上体を屈めて碧泉の頬に鼻先を近付ける。濡れた鼻が触れて、すんすんと匂いを嗅《か》がれ、ざりざりと膚

を舐められた。寝台の上でされたのと同じで――、まるで、獲物を捕食する前の味見のようだと、今更に気が付く。

――まさか、いや、馬鹿な。


冷たい汗がこめかみを滑る。咄嗟に誰か、来てくれないだろうかと考えた。これだけ大きな音が立ったから誰か来ても、他の宮殿ならおかしくはない。だがここは、碧泉の宮殿で、滞在している従者は少ない。ましてや碧泉の自室と同じ三階になど誰もいない。

嗚呼、大体、こんなところを誰かに見られたら駄目だ！　朱虎が危険だと思われて処分されてしまうかもしれないではないか！　けれど、けれどこの状況は本当に、危険では、ないのだろうか――？

「朱虎ッ、ひっ、ぁ」

頬を舐めていた舌が耳の縁をなぞり、思わず身を強張《こわば》らせた。ねっとりと執拗《しつよう》に、耳殻《じかく》も耳の穴の中にも舌を這わされる。脳に直接電流を流されたみたいな衝撃に逃れようと弱く首を振れば、存外あっさり解放される。しかしそれは束の間のことで、またすぐに反対の耳を舐められて「ふぁっ」と碧泉は無意識に声を上げた。

耳の裏まで唾液まみれにしてようやく気が済んだのか、朱虎は首筋へ移動した。今度は首筋から鎖骨、うなじ、寝巻から覗く膚という膚に舌を運ばれる。そのたびに舐められる場所から、何とも言い難いこそばゆさが背筋を通り抜ける。身をよじって逃げようとした。けれど大虎の力に、華奢な碧泉が敵うわけもなかった。

ただ、わかったのは、朱虎はあくまで牙を向けるつもりはないと言うことだ。噛みついて血肉を貪る目的ならば、もうとっくに食われている。それなら、一体何をしたくて舐めるのだろう。ふと、視界の下の方で存在を主張しているそれに気が付いた。

「……っぁ？」

暗闇に慣れた視界に映ったのは、朱虎の陰茎だった。いつもだって、虎化した時は服を着ていないのだから当然見たことはある。けれどもそこは今、明らかに普段と違う形状をしていた。ふわふわの毛皮ではなく、てらてらとそそり勃《た》っている。

そうか、朱虎は今――、発情しているのだ。合致がいった。でも熱の逃し方がわからなくて、こうして碧泉を舐めて気を紛らわそうとしている。思えば躰は立派に成長した朱虎だが、碧泉が知る限り、精通もまだの筈だ。

碧泉自身は十四歳の時に精通を迎えた。朝起きて、一生未経験でいたかった現象がわが身に起こったことに気が付くと、拒絶するように胃がひっくり返って嘔吐《おうと》した。自分に深淵の絶望を与えた男たちと同じ生き物だなんて、思いたくなかった。

でも、人として、そして性別が男である以上、受け止めるしかない。生き方さえ違えば、同じになんて絶対にならない。そう割り切れたのは、嘔吐する碧泉に驚きながらも、朱虎が背中を優しく撫でてくれたからだ。与えられる優しさが、大丈夫、大丈夫、そう言ってくれる気がした。

碧泉はそれ以降、自分で処理する方法も覚えた。その時ばかりは朱虎にも席を外して貰ったが、逆に席を外してくれと頼まれたり、朱虎が夜に寝所から不自然に抜け出した記憶はない。

恐らくはじめての経験なのだろう。行動の原因がわかると少し安心した。碧泉は逡巡したのちに、爪先で朱虎の陰茎に触れた。ビクンッ、大げさに朱虎の躰が跳ねて、全身の毛が逆立つ。朱虎のものは痛々しいくらいに熱く腫《は》れ上がっていて、碧泉は無意識に唾を呑んだ。

「朱虎……、これを解放しなくては、お前が熱いのはなくならないよ。だから人に戻っておくれ」

人になれば処理の仕方を教えることもできるから。幼子に言い聞かせるように囁いても、朱虎には聞こえていないらしく、碧泉を舐めるのを再開する。舌の先に滴《したた》る唾液は先ほどよりも量を増していた。行き場のない熱を持て余しているのが、それだけでもわかった。

「朱虎、……っ、う！」

前足を置き直した場所が悪かったのだろう。朱虎の爪が鎖骨に引っ掛かり、碧泉の肩口に傷を付けた。たらりと血がにじみ出る程度で、深くはない。それでも痛みを与えるには充分で、碧泉は呻いた。ふと、朱虎の動きが止まったのに気が付く。

朱虎の緋色の瞳孔が開いていた。瞳に宿る熱が僅かに身を潜めて、理性の色が窺える。動揺した様子で恐々と、前足が肩からどかされる。

「朱虎」

碧泉は手を伸ばして、朱虎の耳の付け根を撫でた。いつもの彼なら、それだけで察する筈だから。

案の定、朱虎は獣化を解き、人に戻ってくれた。眉を寄せ、泣きそうに顔を歪めて。

「っ、碧泉、碧泉、す、まない……、こんなことをする、つもりは、」

「わかっているよ、大丈夫。少しの傷だ。それよりも……、それを鎮める方法を教えてあげるから、寝台へ戻ろう？」

可哀想なくらい取り乱した朱虎の手を引いて、寝台へ戻った。

「朱虎は、これ、はじめてだよね？」

寝台に腰掛けた朱虎の前にしゃがんで尋ねた。こくりと朱虎は頷く。想像通りのようだ。

「知識は、あるよね？　精通、朱虎がもう一人前の大人になった証……、楽にするにはね、まず、そこを右手で包んでごらん……、あ、優しくだよ」

ぽたり、朱虎の顎の先から汗が一筋流れ落ちる。彼は肩で息をしながらも、懸命に碧泉の指示に従って、陰茎を手で包んだ。

「……そのまま、ゆっくり上下にこすってごらん。それを繰り返せば、楽になるから」

「ん…、うっ、あッ」

手が二往復もしないうちに、熱が弾けて、目の前にあった碧泉の顔を汚した。粘着質な液体を顔に浴びた瞬間、過去のことが脳裏を過って、心臓が止まりそうになった。

けれどすぐ「すまないっ!」慌てた朱虎が碧泉の両腕を掴み立ち上がらせると、べろりと精を舐め取った。するとまたたく間に恐怖は萎んだ。ここにいるのは、朱虎だ。

「構わない、けど……、まだ、鎮まらないね? 今ので、要領はわかったろう? 僕は少し露台で星を眺めてくるから、その間に自分で処理を」

「ッ碧泉、傍に、いて、欲しい」

「……え?」

「っ、こわい……、さっき、虎になった時、無意識だった。自分が何をしているのか、わからなかった。また、あんな風に、なりたくない。嫌だ」

朱虎らしくない、弱々しい声。言葉尻は掠れて消えそうで、伏せられた睫毛は、微かに震えていた。

碧泉は迷った。朱虎の怯えも理解できたし、彼を冷たく見放したくはない。困っている時に、誰よりも助けてやりたい存在なのだ。実際、さっきの様子を思い出すと、放っておいて大丈夫なのか、不安もある。ただ、朱虎だから拒絶反応こそ出なかったけれど、男の性を目にすることに、恐怖はあって。

でも、もしかすると、これはいっそ、好機なのかもしれない。躰の変化を受け止めた時のように、性的なものを世界の一つとして受け止める好機。だっていつまでも怯えているわけにはいかないのだ。生きている以上、いや、自分が王族である以上、性の営みは避けられないのだから。

いつか自分は、妃を娶《めと》る。そうして子どもをもうける。王家の繁栄の為、国を盤石にする為、成さねばならないことで、生まれた時から決まっている。ましてや王位継承権を剥奪されてしまった今、碧泉の価値はそこにしかない——、そう囁く人間も多い。

必ずしも王だった人間から、王の証を持つ子どもが生まれるわけではないが、他の王族より確率が高いのも事実だった。

兄の青磁は「焦る必要はないぞ」と防波堤になってくれている。そもそも彼自身が、もう少し政にたしかな手応えを得るまで、もう少し封印師としての力を磨けるまで、と持ち掛けられる縁談をことごとく先延ばしにしているのだ。

真実として自分の力を磨きたい理由もあっただろうが、以前に碧泉を慰めた通り、彼はどうやら王たる証がなくても季節を回す方法を考えているらしかった。様々な文献などを調べた進《しん》捗《ちょく》を、たまに碧泉に教えてくれた。

そのたび碧泉は、解決に向けて諦めない青磁が、王になるべきだと考えた。大失態を犯した自分が王座に就くなど厚かましい。青磁が王になる、きっと誰もが望むあり方だ。

ただ、自分は腐ってもこの国の王子だ。国の醜い部分を知っても捨てようとは思えず、むしろ兄の目指す国を支える力になりたいと願っている。それは償いであり自分の希望。

だからこそ、王家を脅かしかねない、自分の短剣を探すのに必死になっているのだ。

第一王子が未婚のまま、第二王子が結婚をするのは体裁がよろしくない。おかげで碧泉にはまだ、縁談はきていない。それでも両親は青磁の相手を探す傍《かたわ》らで、碧泉に、いや、次期国王を産むのに相応しい相手の目星をつけているのも知っている。

宮殿では、晩餐会《ばんさんかい》が定期的に開かれるようになった。その中には従兄弟にあたる姫君だったり、貴族の令嬢だったりが出席していて、媚びた笑顔を向けられる。それが結婚の前準備であることくらい、察していた。

避けられない、避けるわけにはいかない。大体、あの男たちの影に怯え続けるのも、悔しくて馬鹿らしい。

これは、与えられた好機だ。何よりも、朱虎を助けられる、だから――。

「――……わかった、隣にいるよ」

「っ、ありがとう、碧泉」

ほっとした顔をする朱虎に、つきりと胸が痛む。彼の為、その思いも真実だが、自分の為でもある。打算的な己に嫌気が差す。それこそが自分という人間だとも、思うけれど。

朱虎の隣に座り直すと、彼はゆっくり自身をこする手を再開させた。大きな手でも収められないくらいにそれは立派で、大きさに比例するように蜜も多く零れる。他人《ひと》の行為を見ている、その奇妙な現状に何だか頭がくらくらして、夢かうつつか境界線が曖昧になってくる。別に自分は欲情などしていなかった筈なのに、暗闇の中にはびこる空気に酩酊《めいてい》し、自然と熱い吐息が漏れて――、何を、考えている、朱虎の為に隣にいるだけで、それ以上の、何でもない。

「っ、あ」

二度目の解放も早かった。びゅくびゅくと白濁《はくだく》が朱虎の手の平を汚す。碧泉は傍にあった掛け布を、手を拭う為に朱虎に渡してやろうとした。これで終わりだと思ったのだ。しかし、二度吐き出したにも拘わらず、朱虎のそこはいきり立ったままだった。

「あ、ぅ…、あいぜん」

こてりと朱虎が碧泉の肩に額を押し付けるようにして、しなだれ掛かる。はくはくと呼吸をする唇は湿っていて、虚ろに空を眺める瞳はずっと熱に潤んでいる。まだ、躰の奥をくすぶる熱が解放されないのだ。

「はっ……、くる、しい、苦しい」

朱虎はまた手を動かしはじめる。白濁を絡めたままの手で、にちゃにちゃ水音をこねる。喉奥から呻き声が聞こえる。額を碧泉に擦り付けて、可哀想なくらい顔を歪めている。

――これは、単純な話ではないのかもしれない。

男という生き物は生理的に吐精しなくてはならない、そういう風にできている。朱虎も男なのだから同じで、吐き出させればいい、そう思って自慰を教えた。けれど、彼はたしかに男であるものの、獣の血も、引いているのだ。

獣の本能があってもおかしくはない。

本能――、すなわち、発情期。

それでは、誰か相手となる雌《めす》を、女を用意するべきなのか――？

朱虎が雌を押し倒す光景が目の裏に浮かぶ。舌を這わせて、征服して、他の誰にも見せたことのない顔を、その雌に見せる。

ぞわりと悪寒がした。性的な想像を朱虎でしたから、だろうか。頭をゆるく振って、いずれにしても、この案はなしだと結論づける。

朱虎は今、熱に浮かされている。力の自制ができず、最悪、女を傷付けてしまうかもしれない。そもそも意識が朦朧として、きちんと判断が下せない中で、特別な、伴侶《はんりょ》を決めてしまうのは、朱虎の本意ではないだろう。

恋とか愛とか、伴侶とか。朱虎とそういう話をしたことはない。いずれは定められた通りの妃を取る碧泉には無縁なものだったから。

だが、朱虎は自由だ。まだ獣人に対する差別はあって、生き辛い部分は多い。それでも朱虎は贔屓目を除いても、見る人の目を奪うほど精悍で、性質は信じたものを貫く真摯《しんし》さを持っている。獣人である事実を差し置いても、彼に惹《ひ》かれる女性はいるだろう。

——外の世界にさえ、出れば。

もう擦るのも嫌になってしまったのか、朱虎は碧泉の肩口に額を押し付けるばかりだ。優しく彼の髪を撫でれば、ひくりと朱虎が喉を震わせる。苦しんでいる、渇いている、飢えて、いる。

朱虎を楽にしてやりたい。熱を解放させる方法を、自分は知っている。そして自分は今、唯一、朱虎に気を許して貰えている、だから、だから。

こくりと唾を呑むと、碧泉は朱虎が握ったままにしている昂《たかぶ》りへ手を重ねた。大げさなくらい朱虎の躰が跳ねて、碧泉を見つめる。この先に起こることは、彼は知らない筈だ。でも、本能が教えるのだろうか。朱虎の瞳にはたしかに期待の色が浮かんでいた。

「……朱虎、楽にしてあげる。だから、大人しくしていてね」

朱虎の躰を寝台の中央に移動させると、碧泉は自身の衣服も全て脱いで、朱虎の脚の間へ身を屈めた。張り詰めたそこは朱虎が力加減のわからないまま擦ったのか、少し赤くなっていた。それに気が付くと自然と恐怖より、可哀想に、と労《いた》わりの心が生まれて。

根元に手を添えると、そっと裏筋に舌を這わせた。

「っぁ、いぜん?」

朱虎は目を見開き、声は少し裏返っていた。それに構わずに碧泉は、ちろちろと朱虎のものを舐めはじめた。

「ふっ、う、ぁ」

舌が先端へ上がっていくにつれて、朱虎は太腿を震わせた。朱虎の陰茎もぴくぴくと脈打って、先走りが溢れてくる。まだ優しい刺激だろうに、朱虎は小さな声を上げて反応する。自分よりも大きな朱虎なのに、妙に可愛らしく思えて碧泉は内心戸惑った。

覚悟の裏に恐怖があったのは事実だ。どうしたって、過去を彷彿《ほうふつ》とさせる。この行為を教えたのはあの日々で、あの日々のせいで眠れない夜を幾度過ごしたかわからない。

その筈なのに、男の象徴を昂らせている朱虎には愛着さえ覚えて、吐き気もしない。辛そうに顔を歪める彼を楽にしてやりたいと願う。

これはどういうことだろう。朱虎が相手だからだろうか。幼い頃から傍にいた彼だから、恐ろしくないのだろうか――、わからない、でも今は、わからないままでいい。事実として自分がこの行為を受け入れられるなら、それだけで構わない。

碧泉は口を開けると、ぱくりと朱虎のものの先端を咥えた。朱虎が頭上で息を呑むのがわかる。顎が外れてしまいそうなくらい大きいそれを限界まで呑み込むと、ゆるゆると頭を動かす。口に収まりきらなかった部分を手でこすろうか悩んで、まだ痛みがあるかもしれないと思ってやめる。代わりに根元に茂る、髪よりは暗い色の下生えを、さりさり手で撫でた。指を滑らせているうちに膨らんだ双袋に触れて、手で優しく揉んでみる。自分も同じものを持っているのに、どこもかしこも全然違うように思えた。

ちゅう、きつめに吸い付くと「ぅあ！」朱虎は碧泉の口の中で達した。

「……甘い？」

無意識に覚悟していたえぐみはなかった。それどころか、赤の実に似た甘味を舌は感じていた。獣人のそれは人とは違うのだろうか。それとも食べる物とかによって、変わるものなのだろうか。首を傾げつつも、れ、と舌を出すと手の平へ吐き出した。一瞬のためらいの後に、そのまま濡れた手を自分の下肢へ伸ばす。ゆるく勃ち上がっていた自身には構わず、更に奥へ。

男同士でも熱を発散できると碧泉に教えたのは、愚劣《ぐれつ》な男たちだ。最後まで実践されることはなかったが、におわせる行為や言葉はさんざぶつけられた。そこを使うのだということも、教えられた。

「ん……っ、」

窄《すぼ》まりに指先が触れると、ひくんと収縮をした。他の膚とは異なって、唇に似た感触のするそこに朱虎の精を塗り付ける。指の腹でゆっくりと、しわの一つ一つを伸ばすように。撫でるだけの行為に痛みはない。ただ、冷静な自分が何をしているのかと頭の中で騒ぎ立てて、指が止まりそうになる。羞恥《しゅうち》で頭が焼け焦げそうだ。でも、覚悟を決めたのは自分、だから――。

「うわっ⁉」

視界が回る。背中に敷布の感触がして、朱虎に体勢を入れ替えられたのを知る。

碧泉、上擦った声に呼ばれた途端、うなじから尾てい骨に掛けて、ぞぞぞっと恍惚《こうこつ》にも似た痺れが走った。顔を上げれば、闇の中をぎらぎらと輝く双眸に射抜かれる。碧泉の躰はその場にはりつけられたみたいに、動けなくなった。

碧泉の本能が、自分より強い獣に従うことを、躰に命じたのだ。

大人しくなった碧泉に何の疑問も持たない様子で、或いはその余裕もないのか、朱虎は碧泉の膝裏を手で押し上げた。腹に太腿を押し付ける形にされれば、当然、あらぬところが明かされて。いくら暗闇とはいえ、恥ずかしい。いや、そもそも暗闇だろうが、朱虎の瞳には関係ないのだ。彼は夜目が利くのだから。

「っ、ぁ、朱虎！　お前はじっとしていれば、っひ！」

抗議の言葉は最後まで声にならなかった。すん、と朱虎は鼻を鳴らして、あろうことか碧泉の後孔の匂いを嗅いできたのだ。未だかつてない羞恥に、碧泉の全身が真っ赤に染まった。あまりの驚きに声も出ず、されるがまま、朱虎に鼻先がくっつくほど近くで匂いを嗅がれた。鼻息が孔の縁に掛かるとぞわぞわして、勝手に孔は何かを期待するようにひくついた。恥ずかしくて、自然と涙がにじんできた。でも、唇を噛むことでどうにか耐えて。

しばらくして満足したのか、ようやく鼻がどかされる。

「朱虎っ！　変なことはしないで、いい子に、ッや、んぁっ」

今度こそ文句を言ってやろう。そう思って口を開いた瞬間に寄越された刺激に、碧泉の声は甘く変換される。朱虎が後孔に舌を這わせたのだ。舌が別の生き物みたいに窄まりを舐め、唾液塗《まみ》れにする。ぐにぐに舌先でしわを伸ばされ、先っぽが入口を何度も突いた。自分が指で触っていたのとは、全然違う感覚。

閉じ損なった口からは意味のない甘ったるい声が零れ落ちて、我慢していた涙もついに頬を伝った。

「ふ、ぅあ、ン……、や…ひぁッ！」

つぷり、朱虎の舌が中へ入ってきた。はじめて受け入れる異物に、碧泉は身を固くした。侵入してきた朱虎の舌を追い出そうとして内壁がうねる。しかしそうすると、敏感な襞に熱い異物が触れて、あられもない声がまた上がる。身をよじろうとしても、朱虎は脚をがっちり掴んだまま、解放してくれない。

舌が大人しかったのは最初だけで、すぐに逃げるようにうごめく内壁を追って、中を舐めて。限界まで舌を送り込もうというのか、双袋に朱虎の鼻先がぶつかって、また別の刺激を与えた。鼻先でくすぐるように揺らされると、たまらない。舌も深くに潜って、中からとろけそうで。

熱っぽい、湿り気を帯びた吐息が漏れる。目の前にもやがかったみたいに、頭がぼんやりしてくる。朱虎がさらに脚を押し上げると、腹に濡れた感触を覚えた。いつの間にか碧泉の欲望は張り詰めていて、先走りと呼ぶには多い滴を零していた。臍《へそ》が埋もれるほどの水溜りが見える、触ってもいないのに。

でも、いつもとは違う朱虎の様子が、淫靡《いんび》なこの空気が、朱虎が自分に触れる舌が、手が、全てが熱いから、仕方ないことにも思えて。

朱虎は舌を引き抜くと、じゅるり、音を立てて窄まりを啜《すす》った。

「ぁ、あ……っぅ」

目にするまでもなく、そこがひくついているのがわかる。もう涙を気にする余裕もなくて、それどころか涎《よだれ》や汗、先走りで既に躰はぐっしょりと濡れていて。全身の力が抜けていた。躰中が熱くて、骨までなくなってしまったみたいだ。

朱虎が手の甲で口を拭うのを、碧泉はとろんとした瞳で眺めていた。妙に野性的で、色っぽい。普段の彼は、碧泉が礼儀作法も教えた甲斐あって、品のない仕草はしない。その非日常が、躰を熱くさせる。

朱虎が碧泉の躰を反転させて、尻を高く持ち上げ四つん這いにした。何をするのだろう、碧泉の思考が追い付くより先に、ずぐん、一息に圧倒的な熱に貫かれた。

「っひあ、ぁあああ――……!」

目の前が白んだ。何が起きたのか、わからない。身を引き裂かれそうな衝撃に、無我夢中で敷布にしがみついた。

「くぅ…ッ、あい、ぜん」

背後から覆い被さる朱虎の苦しげな声が聞こえて、ようやく彼が挿入したのだと悟る。その為の前戯《ぜんぎ》をしていたのに、それさえ忘れてしまうくらい、強烈な衝撃だったのだ。

後孔は限界まで開かれていて、呼吸をするたびに切なく収縮した。そうすると一層、躰を支配する剛直の存在感が顕著《けんちょ》になり、無性に叫びたくなった。

でも、何を叫びたいのか、わからない。恐ろしいのか、苦しいのか、それとも、気持ち良いのか。気持ち良い――――？　ぱちりとまばたけば、涙が一粒落ちる。涙が敷布に吸い込まれて、はじめて気が付く。

恐ろしいし、苦しい、でもその両方の裏側には、たしかな高揚《こうよう》もある。そうでなければ、そもそも自身の欲望が形を持ったりなど、しなかっただろうに！

「あぁッ！　あ、あ……ンぁ！」

朱虎の大きな手が腰を強く掴んで、奥の奥へ向かおうとする。まだ全てが収められていなかった事実に碧泉は呆然とした。こんなにも強大なのに、まだ先があるなんて！

ぎちぎちと音が聞こえそうなくらい、きつく朱虎のものを締め付けた。それでも朱虎は止まらずに侵入してきて、躰の内側から押し出されるようにして、碧泉の喉からは喘《あえ》ぎ声が生まれた。

「あ、ンぁ…、ぁあっ」

耳を打つ甲高い声が、自分のものとは到底思えなかった。自由の利かない手足も、他人のもののみたいだ。朱虎の支えがなければ、尻を持ち上げていることもできなかっただろう。

「っは、碧泉、碧泉…ぅ、く」

尻たぶにざらついた感触を覚えたのと一緒に、朱虎がぶるりと震えた。背後から碧泉を抱き締めて最奥《さいおう》へ留まり、深く、長く、熱を注いでくる。

「ひっ、あ、ぁあっ、あつ、い…、や、ぁ」

息が苦しい。腹の中が熱い。内側からとかされる熱に、碧泉は四肢をがくがくと痙攣させた。ふと見れば、敷布と腹の間で自身も達していた。

朱虎は最後の一滴まで注ぐと、また碧泉の腰を掴んで抽挿をはじめた。驚いたことにそこはまだ、硬度を保ったままだ。

「あっ、まっ、て、っあ、ぁんッ」

最奥が気に入ったのか、限界まで引き抜いて、深く貫く動作を朱虎は繰り返した。中に吐き出された熱も深く深く、朱虎のものでも届かないところにまで追いやられて、躰の全てが朱虎に支配されていく。たまに勢い余って、抜け落ちそうになった陰茎の出っ張った部分が、縁を引っ掻くのもたまらない。紐で引かれたみたいに背中が仰《の》け反《ぞ》る。

ふわり、やわらかなものが太腿に触れた。くすぐったいだけのその感触も今は快感で、身を跳ねさせた。視線だけ下ろしてみれば、朱虎の尻尾が自分の太腿に絡み付いていた。左太腿に蛇みたいに巻き付いて、逃がさないと主張しているようだった。

「――んぁッ⁉」

朱虎の陰茎がある一点を掠めた時、目の前で火花が弾けるような、強過ぎる快感が背骨を駆け抜けた。後孔も内壁全てを震わせて反応し、その場所へ招くように蠕動《ぜんどう》する。

待って、いけない、怖い――――、言葉が出るより先に、朱虎が一点を目掛けて、再び熱を穿《うが》って。

「つぁあああ――――……ッ！」

碧泉は断続的に痙攣しながら、絶頂を迎えた。びゅくびゅくと白濁を吐き、きゅうきゅうと朱虎のものを締め付ける。それでも揺さぶられるのは、止まらなくて。

「あっ、あ、ま、イって、る、ひ、ぁあ…いッ！」

うなじに熱が宿る。すぐに濡れた感触がする。朱虎に噛まれたのだ。恐怖を感じるべきなのに、それ以上に気持ち良かった。朱虎は噛み付いた場所を何度も何度も舐めながら、奥を貫く。

腰を引かれ、神経の塊のように感じる場所を擦られていくうちに、最奥もこのうえなく気持ち良く感じてきて。知らぬ間に碧泉は三度目の熱を吐き出していた。

「あッ、あぁ、あけとらぁ…っ、も、出ない、でない、からぁ」

普段、性に淡白な碧泉は、一ヶ月に一度の処理で事足りていた。それを示すように三度目の精はほとんど透明で、碧泉の限界を教えている。

「も、くるしい…、出すの、つら、い……っぁあ！」

「っは…、」

朱虎が最奥に、二度目の精を放った。どくりどくりと脈打つ。躰中の血液が沸騰して、頭の奥からふやける。駄目だ、また、達してしまう――、そう思ったのと、碧泉の陰茎をきゅうっと圧迫する存在が現れたのは、同時だった。

「ふっぁ!? な、に……、しっ、ぽ…? や、はずし、て……、あけと、ンぁあッ」

尻尾が陰茎の根元を縛るように、絡み付いていた。物理的にせき止められた熱は苦しくて、うわ言のように何度も外してくれ、懇願をした。でも朱虎は「お前が、言った」と解いてくれない。そのまま未だに萎《な》えない剛直を限界まで引き抜く。

「あ、あ、まっ――……っ」

頭から串刺しにされたみたいな快感に、悲鳴さえ出なかった。精は出していない、それでも今、自分は達したと頭が言っている。心と躰がちぐはぐで、もうわけがわからなくて、ただ気持ち良くて、怖い、怖いくらい、きもちいい。

「あいぜん…、碧泉、俺の、碧泉……」

「ふぁ、ッ」

躰を抱き寄せられたまま、最奥をとんとんと叩かれる。二回分の精で下腹部は薄く膨らんでいて、もう入らないと思うのに、朱虎は揺さぶるのを止めない。

嗚呼、これは、交尾だ。快感を貪る、人間としての行為も無論あるだろう。でも、最たる目的は、子を作ることなのだ。精の一滴も漏らさずに、碧泉を孕まそうとしているのだ。

「っあ――…」

ぎゅう、抱き締められたまま、また熱が深く吐き出される。あまりの熱さに碧泉は、ついに意識を手放した。


「――……碧泉王子、まだお熱は下がりませんか？」

扉の外から誠の声が聞こえた。意識はとろけていて、答えるのも億劫だった。けれど今、この空間に入られるのはもっと嫌だったから「まだ、少し……、寝ていれば、治るから」天蓋に掛けられた薄布越しに答えた。

窓の外では季節を変える雨が降っている。雨音を聞くのは二回目の朝だ。

「せめてお食事をお摂《と》り下さい。よくなるものもなりませんから」

「ん、あり、がとう……、扉の前に、置いておいて」

「そう言って、昨日も召し上がらなかったではないですか。あまりにも酷いなら、医師と薬師を」

「駄目っ……、それは、いらない。本当、心配掛けて、悪いけど、大丈夫、だから……っ、誰も、近付けないように、して。誠も、入るな」

「……はぁ、わかりました。ですが、あまりにも長引くようでしたら、どのような罰を受けても入りますからね」

ことり、食事の載った盆が扉の前に置かれる。ひたひた、遠ざかる足音。碧泉がほっと息を吐くと、下から伸びてきた腕に抱きすくめられた。少しでも意識が自分以外に向けられるのが気に入らない、そう言わんばかりの強い力で。

「んっ、あけとら、」

「碧泉、腹が空くのか？」

「ううん、空かないよ……、朱虎ので、いっぱいだからね」

心置きない微笑みが自然と浮かんで、それを擦り込むみたいに朱虎の胸に頬ずりをした。滑らかな膚は心地よい。気分が益々よくなって、目に入った胸の飾りをくるくる指でなぞった。するとと朱虎がくすぐったそうに身を揺らし、繋がったままの場所にも振動を与えて。

「ンぁ、」

碧泉の喉からとろけきった、甘い声が零れた。

あの日から約二日、二人は部屋から一歩も出ずに、お互いを貪っていた。不思議と飢えも渇きも感じなくて、ただ目の前の彼がいればそれだけで満たされて、躰を作り変えられている気さえした。

過ぎた快感に碧泉はたまに意識を飛ばしてしまったけれど、結合が解かれることはなかった。朱虎は碧泉を抱えたまま自身も浅い眠りに就いて、碧泉が目覚めればまたゆるく律動を再開して。

　ずっと躰は熱い、でもそれが普通のような、満ち足りた、穏やかな気持ちだった。

「朱虎は、お腹空いた？」

「いや、俺も碧泉を食べて、満ちている」

　大真面目な顔で朱虎が答えるものだからおかしくて、くすくす笑った。連動して蠢《うごめ》いた後孔が朱虎のものを締め付け、太さが増す。碧泉は熟しきった果実みたいにとろんとした瞳で朱虎を見た。

「ふふっ、大きくなっている。朱虎は、本当に元気だね」

「……すまない」

　謝罪が出てくる分だけ、最初よりは理性を取り戻している。実際、がつがつ全てを奪う行為ではなくなって、じっくりと躰の隅々まで堪能する、そういう風に変わっていた。

　それはなだらかな海に全身を委ねるのに似ている。気持ち良さにまどろんで、ずっとこのままでいたいと思う――でも、一度脳髄《のうずい》まで痺れる快感を知った身には、物足りない気もして。

　碧泉は意図的に後孔を窄めた。

「っく……、碧泉、」

　優しく諫《いさ》める声がする。頭の先から爪先、中身まで全部ぜんぶ、平らげたのは朱虎の癖に、冷静ぶるのは面白くない。理性が戻りつつあっても、まだ奥に情欲の炎が灯っているのはわかっているのだ。ずっと繋がっていて、気が付かない方がおかしい。もう今更、何を遠慮するのか。最後まできちんと付き合うし、付き合って欲しい。

「大事な朱虎の為なら、構わないよ。それに……」

「っん、それ、に?」

ぴくりと朱虎の耳が跳ねた。背伸びをして可愛い耳の縁に口付けながら、碧泉は目を伏せた。言うべきだと、第二王子の立場としての自分は囁いたから、言う。真っ先に浮かんだ別の言葉には、耳を塞ぐ、それで、いい。

「――王族たる者、このくらい受け入れる器はあるべきだからね」

ぽたり、雨粒が窓枠に当たって跳ねる。

顔を覗けば朱虎は呆然とした様子で、目を見開いていた。赤い虹彩だけでなく、青みを帯びた白目まで眩しい。透き通った瞳に射抜かれたまま、何かを言われるのはたまらない。

だから朱虎の唇がわななく前に、碧泉は乱れた前髪を耳に掛け直すと、朱虎の腹に手をついて熱を引き抜いた。自重に任せて、身を貫かせる。

「っぁ」

「ンンっ、あけ、とら……」

ぐちゅぐちゅと繰り返しかき混ぜる。視線がかち合えば「朱虎、奥に欲しい」ねだった。すぐさま朱虎の瞳は劣情に上塗りされて、腰をがっちりと抑え込まれて。

束の間の、それでいて長い熱に、二人で溺《おぼ》れた。


雨を迎えた三日目の朝に、碧泉はようやく部屋から出た。周囲に心配を掛けた詫《わ》びをしてから、任されている東地区の政務をこなした。合間にはいつも通り勉強をして、剣術を磨いて、日々をこなす。

「お元気そうで何よりですが、くれぐれもご無理はなさらないで下さい」と誠に言われるくらい、不調はなかった。

しいて言えば服を着ても、肌寒いことくらいだ。日中の陽射しは痛いほどなのに、薄ら寒い。どうして、いや、わかりきっている。

あの二日間はずっと朱虎の体温に包まれていたから――、ひくん、後孔が反応しかけて、碧泉は慌てて頭を振った。体調はすこぶるいい、ただ情欲の名残は、一週間経っても簡単には消えないようで。

はぁ、人知れず吐いた熱いため息が、碧泉の書斎に、ひっそりとける。

朱虎は今日、傍にいない。力持ちの彼は最近、宮殿内の労働力として重宝され、引っ張りだされることも多い。今頃は中庭の改築工事を手伝っている筈だ。必ず朱虎は碧泉の了承を得て行動した。まるでそれが決まりみたいに。
碧泉は静かに、目を通していた書類を机の隅に置いた。
まだ日が傾きはじめたばかりだけれど、今日はこのくらいにしておこうか。手元に残ってい
る政務は内容的に一度町に下りた方がいい。明日朱虎と一緒に行こう。ついでに次の闇競売前
に、客たちの会話から判明した、曰くつきの封印剣を持っている人間たちにも探りも入れて。
やることはいくらでもある。だからあの熱病のような日々も、直に忘れるだろう。一度まば
たきをすると、本を一冊手にした。

扉を叩く音と「碧泉王子」自分を呼ぶ声がして顔を上げた。いつの間にか、外は薄暗くなって
いる。随分、本に没頭していたようだ。
「誠か。お入り、どうしたの？」
「青磁王子がお越しです。瑠璃の間にお通ししています」
「兄様が？　わかった、すぐに行こう」
ここのところお互い忙しくて、まともに顔を合わせるのは久しぶりだ。青磁と語り合うと、
輝かしい未来の光景が目に見えるようで、心が弾む。自然と足取りも早くなり、先を歩く誠を
せっつく形になっていた。
「兄様！　お久しぶりです」

「碧泉、久しぶりだな。調子はどうだい？　臥せっていたと誠から聞いたが」

　長椅子に腰掛ける青磁は、心配そうに眉をひそめていた。まったく誠め、余計なことを。内心顔をしかめながらも碧泉は、向かいの長椅子に腰掛けるとにっこり否定した。

「誠が大げさなだけです。急に冷え込んで、恥ずかしながら少し体調を崩してしまったので、休養を頂いたまでです。もう心配はご無用ですよ」

「そうかい？　ならいいのだが」

「ええ。それよりも、今日はどうかされたのですか？」

「いや、一つ噂話を聞いて、気になったものでな」

「噂話？　何ですか？」

　身を乗り出して聞き返せば、空色の瞳が考え込むように視線を下げる。重大な話のようだ。自然と居住まいを正した。

　誠は一度下がると、赤の実の葉で作った茶を二人分、長机に置いた。あたたかい湯気が二人の間をたゆたう。

「……蓮が先日、持ち帰った話なのだがね」

　青磁はちろりと、甲冑姿で後ろに立つ蓮に視線をやった。蓮に対抗するように誠が碧泉の後ろへ立った。どうやら重要ではあるものの、人払いする内容ではないらしい。

　もしかすると、むしろ知っておいた方がいいのかもしれない。

「最近、西地区で様子のおかしい男がいるらしい」

「様子が？」

「ああ、宿屋の店主だが……、それまでは素直で人好きする男だったのに、ここ数ヶ月、急に人が変わったようだと言われている。猜疑《さいぎ》的、と言えばいいのかね。事ある毎に宿泊客に俺の部屋に入ったか⁉　と疑いを掛けて宿から追い出す始末で、最近では塞ぎ込んで、宿自体を閉めて家にずっと閉じこもっているそうだ」

「……何か、泥棒とか、被害にでもあって変わってしまったのでしょうか？」

「いや、その逆だな、蓮？」

「ええ、青磁王子」

逆とはどういう意味だろう。碧泉が小首を傾げると、青磁は声を潜めて言った。

「彼はここ最近、一つの短剣を手に入れたらしい」

短剣、の言葉にドキリとした。心臓が存在感を主張して、脈打つ。まさか――。

「宿泊客がたまたま目撃したらしいが、店主は自室で短剣を天に掲げて魅入っていたらしい。……それがとても美しい短剣らしくてな、青とも緑とも取れない、見たこともないほど眩《まばゆ》い輝きを放っていて、その宝を手に入れたが為に、誰かに盗られはしないかと猜疑的になってしまったようだ、という話だ」

「っ、その短剣は！」

青磁が鷹揚に頷き「恐らくお前の短剣だろう」と答えた。

目の前に一筋の光が差し込んだ。薄暗かった世界が一変して、明るくなる。それさえ手に入れられれば、何の憂いもなく今の道を進んで行ける。

「兄様、店主の居場所を教えて下さい！　必ず取り返してみせます！」

「その心意気は頼もしい……、だが、待ちなさい。まずこちらで様子を探らせているから」

「ですが、一刻も早くどうにかしたいのです」

「碧泉、気持ちはよくわかるが、報告が来るまでは少し待て。なに、すぐのことだ」

青磁は一口茶を含むと、眦《まなじり》を下げて笑った。

「またすぐ、報告を寄越すから待ちなさい。ああ、そういえば朱虎殿は、いないのか？」

「……………はい。朱虎は、今は下で重作業をして貰っています」

「そうかい。彼にもよろしく伝えておいておくれ。力を借りるかもしれない。……本当なら彼のように力のある者が行った方が、事は早いだろう」

最後の方は独り言だったのか、小さな呟きだった。碧泉の返事も待たずに青磁は立ち上がると優雅に片手をあげ「邪魔したな」と蓮と共に退室した。

「碧泉王子！　よかったですね！」

顔を輝かせて誠が言った。碧泉は茶に手を伸ばしながら「よかった……、けど、待ち遠しいな」正直な気持ちを漏らした。

兄の気遣いは有難い。実際気が触れている人間の下に、準備なく向かうべきではないだろう。それはわかる。だが、ずっと、探し求めてきたのだ。取り返した時こそ、自分を赦せる気がして、取り返した時こそ、やっと陽の下を歩ける気がして、ずっと、ずうっと。

「すぐのことですよ！　朱虎にも早く教えましょう。青磁王子もおっしゃっていましたが、彼の腕っぷしは今や宮殿一ですし、あの精悍な見目だけで宿屋の主人もすぐ観念するに決まっていますから。ああ、私はとにかく嬉しいです。取り戻したら、碧泉王子の戴冠式ですね！」

「……え？　何を言っているの、誠。王位を継ぐのは兄様だ。兄様以上に相応しい人は、いないよ」

自分はその支えとなり、季節を回す役目を担えばそれでいい。

碧泉が薄く笑えば、誠は眉をひそめた。

「ご自分を過小評価し過ぎです。碧泉王子、……たしかに、あなた様は一度、信頼を失われましたね。ですが、絶望を知っても前に進もうと諦めないあなた様こそ、私は王に相応しいと思いますよ」

「誠の気持ちは嬉しいよ。でも、幼い頃から仕えている分、買い被りが入っているのだね。冷静に兄様を見るべきさ。さて、明日は朱虎と東地区へ様子を見に行くから、馬の支度をよろしく頼むよ。あ……、この件についてては、朱虎には僕から伝えておくよ」

続きを言いたそうな誠を無視して、碧泉は席を立った。髪を指先にくるりと絡めた。

西地区の宿屋、数はそう多くない筈だ。ましてや最近店を閉めている場所など、限られている。住民に訊けばすぐに割り出せるだろう――、ならば。


「……青磁王子の匂いがする」

寝台で背後から髪に鼻先を埋めた朱虎に指摘された。自分はまるで感じないが、何か残り香でもしたのだろうか。そういえばいつも青磁は橙の花の香を愛用していた。

「ん、夕刻に兄様に会ったから」

「何用だったんだ？」

「……ちょっとした雑談さ。西地区の作物の実りが、今年はいいという話。東地区にも応用できる技術がないか訊いたのだよ」

顔に流れる髪を耳に掛け、そのまま何度か手櫛《てぐし》を入れた。朱虎は黙ったかと思えば、そうか、どこか不服そうに頷く。

もしかして、何か勘付かれただろうか。内心冷や汗をかいた。いや、大丈夫。きっと単純に、苦手な青磁の匂いが気に入らない、恐らくそれだけだろう。

封印剣が見つかったかもしれない――、本来なら朱虎にも報告するべきだ。今までならそうした。でも、朱虎には伏せた。

宿屋の店主が本当に短剣を持っているなら、事の終焉《しゅうえん》はすぐそこに見えている。だが、もしもそれが勘違いだったら、全て振り出しに戻ってしまう。

行動する前から失敗を考えるなど馬鹿らしい。わかっている。まずは第一歩を踏み出すべきで、間違いならまたやり直せばいい、それだけ。

だがそれだけと言い切るには、あまりにも長く苦い歳月が経った。だからこそ、これは、一つの区切りなのだ。噂が真実でもそうでなくても、朱虎を解放してやる、区切り——。


——お前は悪くないよ。


今回の件がどんな結末であっても、伝えずにしまってある一言を、贈ろう。真実で取り戻せたのならその通りに、不実で取り戻せなくても、取り戻せたからもうお前は自由になっていいのだと、朱虎には嘘を贈って。

そうする為に、青磁のくれた情報を朱虎には教えなかった。

ずっと、いつかは解放してやるべきだと思っていた。ただ、決心がつかなくて、ずるずると縛り続けてきた。あともう少し、もう少し、言い訳を繰り返して。

けれどもあの二日間を経たからこそ、碧泉は決心をした。そもそも本当なら、あの熱は自分が受けていいものではなかったのだ。朱虎が自由になって、伴侶になりたいと願った人に出逢って向けるもの。

ただ彼はまだ出逢っていなかったから――、否、出逢う機会を奪ってしまったから、自分の身を差し出した。ただ、それだけのこと。

全てがきちんと解決してからでも、彼に自由を贈るのは遅くない。そう誰かは言うだろうか。しかし、もう碧泉自身がそれを待てなかった。あの熱が心に侵入して、見果てぬ夢を見てしまいそうで。あのひたむきな眼差しが、自分に注がれる喜びに溺れてしまいそうで。

だから、今でなくてはいけない。叶わない夢など、捨てなくてはいけない。自分は罪を犯したし、自分は王族、なのだから。

思考を振り払うと、何気ない顔を装って、「どうしたの、朱虎」穏やかに訊いた。朱虎は愛想なく「いや、何もない」と答える。

「そう？　……ああ、もしかして蓮？　彼女もいたけれど、今日は何も言ってなかったよ」

「そうではない……、ただ、あの人が苦手なだけだ」

「朱虎、蓮のことは僕からも言っているし、兄様もきちんと咎めてくれているのだよ。だから兄様のことは、」

「違う。それはもう、わかっている。ただ、理由はないが苦手なんだ」

すり、頬擦りをされて、腕の中にきつく抱き締められる。寝巻越しに熱い体温を感じると、背中がそわりとして居心地が悪い。朱虎、名を呼んで宥めようとすれば、彼の手が寝巻を捲りあげ、脇腹をくすぐった。

「んっ、朱虎？」

「碧泉……、欲しい」

手の平が脇腹から上がって、碧泉の胸を撫でる。女と違い膨らみのないそこを揉みながら「駄目か」耳をしょんぼりと伏せて尋ねる。その聞き方は、ずるいと思う。

この一週間は求めてこなかった。けれど、もしかするとまだ、発情期の名残があるのかもしれない。獣人の躰のことは碧泉にはよくわからない。それなら許してもいいだろうか。

それにもう、終焉は見えているのだ。限られた時間のこと、それなら――。

「……明日、早くに出るから、一回だけだよ」

朱虎はしあわせそうに目を細めた。


ぼやけた視界に入るのは、ほんのり黄色をにじませたやわらかな白色。顔を寄せれば、もふもふやわらかい、朱虎の毛皮だ。窓から覗く朝日に照らされた毛皮は、毛先に光の粒を集めて、きらきら美しい。顔を深く埋めればお日様の匂いがして、とても気持ちがよくて、つい二度寝しそうになる――……いや、待て。どうして朱虎は獣姿なのだ。

はっきりと覚醒すると、碧泉は現状を顧みた。獣姿の朱虎が寝台に横たわっている――、その腹に裸のまま抱え込まれていた。母虎に守られる仔虎みたいに、やわらかな毛に包まれて。更に太い後ろ足が一本腰骨の上に乗って、動くことは許されない。

昨夜は朱虎が一度果てるまで、熱を交えた。一度とはいえ体力は消耗するもので、着替えるのも億劫で二人裸のまま眠った。それだけ、それだけの筈なのに、どうして朱虎は今、虎になっているのだ？

「朱虎、起きて、」

目の前の躰を揺さぶるものの、体格差があり過ぎてあまり意味がない。敏感な耳や尻尾を触れば目覚めるかもしれないが、手が届かない。ふと、ひくひく動く鼻が目に留まった。そっと手を伸ばして、二度三度と撫でる。ついでに髭もくすぐれば「っくしゅん！」朱虎がくしゃみをした。

「朱虎、起きたね？　さぁ、躰をどけておくれ」

眠そうな赤い瞳が碧泉を映す。のろのろ自分の躰にも目をやって状況を把握したらしく、のっそり後ろ足をどかした。けれど今度は代わりに長い尻尾が伸びてきて、碧泉の太腿にまとわりついた。別の生き物みたいに上機嫌にじゃれついている、かと思えば、碧泉に自分の顔を寄せて。べろり、唇を舐めた。

「んっ、ぷ！　朱虎、鼻まで舐めないで！　苦しい！」

抗議の声を上げるのと、背中に人の腕が回されたのを感じるのは同時だった。ぎゅう、きつく抱き締められ、うなじを甘噛みされる。痛みはないものの、つい躰が反応してしまう。

「碧泉、おはよう」

「……ん、おはよう。それで、どうして獣化していたの？　いつも寝る時は人の姿なのに」

「心地よくて、気が弛んだだけだと……、思う」

「気が弛んだ？」

「本能的な気の弛み……、と言うべきかもしれない。この間は、ただまぐわうのに必死だったが、今回は少し違った。だからだろう」

　あっけらかんと言われて、一体どういう顔をすればいいのかよくわからない。どこまでも許されているような錯覚をしてしまう。だから目を逸《そ》らして「そうか」とだけ返した。

「碧泉、今日の予定は？」

「今日は東地区の町役場に……、そうだね、朱虎にお遣いして貰いたくてね。僕は父様に呼ばれていて外せないから」

「俺一人で？」

「うん、朱虎なら大丈夫だろう。何度も行っている場所だしね」

「できれば、碧泉の傍にいたい。何かあった時の為に」

「あはは、朱虎は心配性だね。僕は一日宮殿の中にいるから、心配は無用だよ。お前を信用してのお願いだから、やってくれるね？」

瞳を覗き込んでお願いすれば、渋々と朱虎は頷いた。それを褒める気持ちで鼻の頭に口付けを落とした。ふと、顔に掛かっていた前髪を、朱虎が耳に掛けてくれた。ちょうどそうしたいと思っていた。ありがとう、礼を口にする。

早々に着替えたら、乱れている朱虎の髪を梳《す》いてやろう。寝起きにはいつも爆発しているのだ。帽子は前つばがついた黒色のものにしよう。町役場だからかしこまり過ぎる必要はないが、王家の使者として嘗められてもいけない。装束も同じ黒色で上下揃えて、今日ばかりは碧泉の遣いを示す翡翠の宝石がついた飾り紐を腰に結って、編み上げの革長靴を履かせて。

どこから見ても立派で、どこに出しても恥ずかしくない、むしろ碧泉の誇りである一人前の青年がそこにはいるだろう。

目を閉じても思い描ける光景に、胸の内は満たされた。たとえ間もなく自分の傍から離れるとしても、彼は碧泉の誇りだった。

西地区は東地区と異なり、砂埃が立つ場所だった。目深にマントのフードをかぶっても、風が吹けば目や口がじゃりじゃりした。晴天は有難いが、この地区の散策には雨の方が好都合かもしれない。帰ったら躰も装束もよく洗わなくては。碧泉は小さくため息を吐いた。

自分が政を担っている地区以外も、当然足を踏み入れた経験はある。けれども訪問数で言えば自治区には及ばず、いつの間にか変わっている場所もあった。以前は正面の道沿いには大樹が一本あったが、今は姿を消している。

西地区は他の地区に比べて、開拓が進んでいる。定規を引いたように整理された区画は、地図上で見ても美しい。さすが兄の采配《さいはい》だ――、ただもう少し、緑を残した方が癒しの効果もあると思う。兄は、西地区は職人の、技術の住まう区画だから不要だ、と言って、森も多く削った。

だが、どこか獣人や他の生き物を何一つ、迷い込ませない静けさがあって、もの淋しい。今度、兄にそのことも進言しよう、碧泉は一人頷いた。

職人の店屋が、道を挟んで両脇に並ぶ通りは静かだった。風見市のように屋台を出す店はなく、軒先に小さな看板だけがぶら下がっている。仕事は全て家屋の中で承《うけたまわ》っているのだ。出歩く人も見当たらず、まるで世界に置いてけぼりにされてしまった気分になる。

だから余計、美しい街なのに淋しいと思ってしまうのかもしれない。

風が吹き抜ける。碧泉はフードを押さえながら歩みを進めた。目的の宿屋は、西地区の町役場で教えて貰った。宿屋の店主の変貌《へんぼう》ぶりは有名らしく、すぐ場所はわかった。

看板は外され、扉に「休業」の紙が雑に貼られている家屋に辿り着いた。窓という窓は目張りされて、中は一切見えない。間違いない、ここだ。

トントントン、扉を叩く。返事はない。「いらっしゃいませんか?」声を掛けてみる、やはり沈黙だけが返って来る。

無駄と思いながらも扉を引いてみれば、驚いたことに開いた。窓の塞がれた中は昼にも拘わらず薄暗い。

戸惑う気持ちはあった。それ以上に、可能性に目がくらんだ。一つ深呼吸をすると中へ入った。宿屋の食堂、だろうか。たくさんの机と椅子が並んでいる。ぴちょん、ぴちょん、どこかから水の垂れる音が聞こえる。排水か、雨漏りでもしているのか。

店主がいるとすれば奥だろうか。食堂の中ほどまで進むと、ふと鼻孔をほの甘い香りが一瞬くすぐった。花でも飾っているのだろうか。どこか覚えがある気がして、思わず立ち止まった、その時。

「ッ！」

ぞわりと悪寒を覚えて、碧泉は勢いよく振り向いた。いつの間にか、年輩の男が一人立っていた。机の陰にでも隠れていたのだろうか。

男は両手で――、刃のない封印剣を構えていた。

頭の中に大音量で警鐘が鳴り響く。逃げなくては、だが、自分の封印剣があるかもしれないのに？

「っ待て！　僕は危害を加えにきたわけではない！」

碧泉の言葉を無視して、男はこちらに突進してきた。寸前でかわす。男に向き直る。ようやく見えた男の目は、焦点が定まっていない。

マントを男目掛けて放り投げた。空中で広がったそれが男の視界を遮り、一瞬動きが止まる。その隙に腰に下げていた長剣を鞘ごと抜いた。いくら正気でなかろうが、民の命を不必要に奪う気はない。無血で剣を扱う方法も、あれから身に着けている。

男は一体、何を封じるつもりなのだろう。碧泉にはもう見抜けない——、ならば考えるだけ無駄だ。男を落ち着かせてから、問えばいい。怯える必要も、ない、封印されなければいい、それだけだ。だから、思い出すな。必死で自分に言い聞かせた。

マントが床へ落ちた。男は碧泉の長剣にも怯まず、再び突進してきた。まるで何かに憑《と》りつかれているみたいな、狂気さえ感じる。

だが、いつも稽古をつけている朱虎の方が、遥かに速い。

男の手の甲だけを狙って、長剣を振り下ろした。

鈍い音と共に、男の手から柄が落ちる。すかさずそれを部屋の隅まで蹴飛ばす。かつんと壁に跳ねる音がした。目の前にいるのは、凶器をなくして呆然としている男だけ。

落ち着いて見れば、男は酷い顔をしていた。やつれていて顔色も青白い。だが先ほどと違い、焦点は定まっている。今なら会話も通じそうだ。

碧泉は長剣を腰に戻してから、男に一歩近付いた。最大限の警戒は払いながらも、努めて友好的な態度を取った。

「……こんにちは。勝手にお邪魔して驚かせ、申し訳ありません。けれど町のみんなも、あなたを心配していますよ。何か悩みごとがあるなら、話してくれませんか。力になれることもあるかも――っ！」

突然、背後で膨れ上がった気配に、碧泉は反射的に横へ飛び退いた。目を見開く。さっきまでいた場所に、包丁が突き出されていた。向けられたのは、明確な殺意だ。

現れたのは年輩の女だ。男の女房だろうか。宿屋ならば夫婦で営んでいることも多い。油断をした。だが、どうして店主のみならず、女房までもこんな暴挙に出るのだ？

手に入れた短剣に魅入られたようだと聞いた。自分の短剣にはそういう、人を狂わせる力でもあるのだろうか。鮮明な記憶が蘇《よみがえ》る。目の前でうっそりと碧泉の短剣を見つめて、深く自分の胸に突き刺した賊。ほとばしる、鮮やか過ぎる、紅――。

「っ！」

闇の中でぎらりと刃が輝いて、はっとした。慌てて後ずさり、女から距離を取ろうとして、椅子が足に当たったった。不意打ちで体勢を崩した。その隙に男は壁に飛ばされた封印剣を取り戻し、こちらへ向かってくる。

「落ち着いて下さい！　話をっ！」

椅子を蹴飛ばし、剣を抜く。どうにか二人をかわしながら、出口を後ろ目で確認する。ここは一旦引こう。手段としては好ましくないが、町役場で駐屯兵《ちゅうとんへい》を出して、傷害未遂、或いは王族への反逆罪として身柄を拘束する。それから二人に話を聞いて、王位継承権の封印剣を持っているようであれば回収させて貰う。剣が原因で乱心しているのであれば、実刑はごく軽いもので済むよう取り計らって――。

「っぁ⁉」

視界が闇に覆われた。これは、何だ――、マントだ。自分のマントを、逆に利用されたのだ。急いで振り払うものの、既に正面には女、左斜めには男が立っていて。

距離が近過ぎる。一人はどうにかできても、もう一人は――だが、どうにか、するしか、ない。まだ、やることがある。まだ、やりたいこともある。まだ、逢いたい人もいる――死ぬわけには。

「――碧泉ッ！」

碧泉が包丁を叩き落としたのと同時に、背後からたくましい腕に抱き寄せられる。男から庇うように閉じ込められて――ドンッ、抱き締められた躰越しに衝撃を覚えた。振り向けば、そこには朱虎がいて。

「朱虎ッ⁉　どうしてここにいる⁉」

「……っぐ、ぅ」

苦しげな呻き声が響く。朱虎の眉間に深くシワが刻まれ、躰が小刻みに震える。ぬ、と彼のこめかみを脂汗が伝うのが見えた。

「あけ、とら…？」

ないか！

ドクン、心臓がざわめく。そうだ、先ほどの衝撃の正体なんて――、考えるまでもないではないか！

朱虎の背後を覗けば、店主の男がうっとりと短剣を眺めていた。短剣の刃は黄金色に輝いている――朱虎の何かが、封印されてしまったのだ。

朱虎は苦悶の表情のまま、男の腹を蹴り上げた。男が机や椅子に盛大にぶつかりながら転がる。あまりの衝撃に気を失ったのか、起きる気配はない。朱虎は流れるように一瞬で女とも距離を詰めた。女が抵抗する間もなく、すぐさま首の後ろを叩き意識を奪う。

しん、と部屋が静まり返った。

碧泉は震える手で男から封印剣を奪った。朱虎に向き直ると、きつく睨む。

「朱虎！　何をしているんだ！　庇って刺されるなどふざけるな！　もしも僕みたいに取り返しのつかないものを封じられ、持ち去られたらどうする気――」

「ふざけるなはこっちの台詞《せりふ》だ！」

びりびりと家中を震撼《しんかん》させる怒鳴り声だった。耳がキンと痛くなる。朱虎は負けじと睨み返し、続けざまに吼えた。

「どうして宮殿にいるなど嘘を吐《つ》いた！　どうして今回の件を俺に話さなかった⁉　荷を一つ忘れて宮殿に戻れば、お前の匂いがしない。誠が不思議そうに、一人で戻って来たのかと聞いてくる……、その瞬間の焦りが、碧泉にわかるのか！」

肩で息をして、また怒鳴るかと思えば朱虎は泣きそうに顔を歪め、碧泉を抱き締めた。苦しいくらい力を込め震え声で「また、守れないかと思った」と呟いて。

心配をさせて申し訳ない気持ちと、彼の強い思いやりに、胸がきゅうと締め付けられる。

ごめん、謝罪を紡ごうとして、碧泉は口を閉ざした。

気が付いてしまった。

今こそが、その時なのではないか？　今こそが――、朱虎を解放する、時。

喉がからからに渇く。唇が震える。言いたくないと、胸の深くにいる一人の自分は叫ぶ。でも深い穴の中に埋めて、黙らせる。

言いたくない理由なんて、聞かなくていい。

「………朱虎は、何一つとして、悪いことをしていないよ。ずっとお前は、僕を守ってくれた」

「守るのは、当たり前だ。俺は碧泉と共に生きたい、だからこそお前を守りたいんだ」

真っ直ぐで、強い感情。だがその正体は罪悪感に過ぎない。でも、朱虎は罪悪感とは認めない。彼は優しいから「共に生きたい」そう言い続けてくれる。いっそ嘘を聞き続けていられれば、なんてなんて、しあわせだろう。

だが朱虎のことが大切だからこそ、解き放つのは自分の役目だ。

「朱虎、今回の件を話さなかったのは、お前を連れて行くべきではないと判断したからだ」

「……どういう意味だ？」

碧泉は微笑みを浮かべ、平淡に言った。

「朱虎、お前はどうしても目立つ。体躯も金の髪も、この国では少ない。今回のような偵察には不都合なのだよ。誠から聞いただろう？　今回の件は確証がない、あくまで噂話だ。それなのに不必要に目立つのは困る。……ほら、外が少し、賑わってきた。騒ぎを聞きつけて人が近付いてきたのだろうね。僕だけなら、立場もあるからどうとでも言い訳はできる。けれどお前を引きつれているのがわかると、よからぬ企みをしているのではないかと勘繰られてしまう。わかるだろう？　……お前が、迷惑な時もある」

「……碧泉、それは、本心なのか？」

愕然とした様子で朱虎は尋ねた。知らず碧泉の肩を掴む両の手も震えている。手を撫でて、震えをおさめてやりたい。

けれどそれをするのは、もう、自分ではないのだ。

今自分ができるのは、たとえ傷付けて嫌われ者になってでも、彼に自由をあげることだ。

目を逸らしたくなる気持ちを抑え、神経質な手つきで前髪を耳に掛け直すと、朱虎の瞳を見た。美しい緋色、濁りないそれが悲しみに歪むのは、辛い、けれど。

「こんなことで嘘を吐いてどうするのだね？　全て真実さ。でも、ちょうどいい。朱虎、お前はもう、自立をすべきだ。宮殿から出て一人で暮らせるだけの知識も躰も、持っているのだからね。何も無一文で出て行けとは言わないよ、一緒に育ってきたお前に最大限の敬意として、望む場所に住居を構えてやろう。必要なら仕事も斡旋《あっせん》しよう。……町で暮らすだけなら、姿が目立っても咎める人はいないし、森がいいならそれもいい。そこで誰か、伴侶となる人を見付けて――」

「……ざけるなッ！」

「ッ！」

掴まれた肩の骨がみしみしと軋む音が聞こえる。碧泉は零れそうになる呻き声を必死で噛み殺した。朱虎の方が傷付いている。痛がる資格など、ない。

「ふざけるなふざけるなふざけるなッ！　どうしてそのようなことを言う⁉　碧泉、俺はお前を守りたい……、ただ、お前の一番近くにいたい。俺には、お前だけいれば――」

「朱虎、気持ちは嬉しいよ。だが、僕だってもう、守られるほど弱くはない……、今回はドジを踏んだが、次からは念を入れて衛兵も連れて行こう。それが朱虎である必要など、ない」

敢えて朱虎の言葉を遮って言った。

生き埋めにした心は、続きを聞きたかったと訴える。だが理性は、聞いてはならないと叫んだ。どちらに従うかなど、王族に生まれた碧泉にはわかり過ぎていた。

朱虎の右手が肩から離れた。拳が振り上げられる。碧泉は黙って目を閉ざした。避けようとは思わなかった。

しかし、いよいよ拳が落とされることは、なかった。

代わりに頬に濡れた感触を覚え、碧泉は目蓋を上げて、息を呑んだ。

「………朱、虎」

朱虎は、ぼろぼろと瞳がとけそうなほど泣いていた。眉をひそめ唇を噛んで、苦しそうに、悔しそうに、碧泉だけを見ていた。拳を開いた彼の右手が、碧泉の頬を撫で――、唇を重ねた。

「んっ……！」

触れた唇はかさついて、塩辛かった。思えば、吐息を交えるのは、はじめてだ。唇を舐められたことはあるし、果てしない熱を受け入れたこともあるけれど、不思議と口付けはしなかった。いや、自分が無意識に避けていたのかもしれない。ただの性欲処理に不要な行為だから、それなのに。

触れるだけの、それ以上でもそれ以下でもない口付け。その間にも朱虎の瞳からは涙が落ちて、碧泉の頬を濡らす。外の足音が近くまでくると、朱虎がゆっくり離れた。

朱虎はぐしぐしと装束の裾で自分の顔を拭って、外へ飛び出した。

「朱虎っ！　どこへ……――」

言葉は尻すぼみになった。

引き留めて、どうする。形はどうであれ、朱虎を解放してやれたのなら、いいではないか。

ただ、彼は封印剣を身に戻す前に行ってしまった。これは返さなくてはいけないのに。だが、目に見える不調はなさそうだった。ならばすぐさま渡さなくとも大丈夫だろうか。

そもそも何を奪おうとしていたのか、知っておく必要もある。この封印剣が違法の物か否か、入手先も合わせて、兄様に見て貰うべきだ。

朱虎に返すのはそれからでも遅くはない。彼の居場所くらい、捜そうと思えば捜せるだろう。町の中でなければ、恐らく元暮らした森に彼は行く。大方の場所さえわかれば宮殿には犬の獣人もいるから、その嗅覚を借りて。

「我らは西地区駐屯兵！　一体、何の騒ぎだ⁉」

騒ぎを聞きつけた駐屯兵が入って来た。碧泉は濡れた頬の冷たさも、唇の感触も胸の奥深くにしまって、状況を説明すべく彼らに向き直った。


「――全く、待てと言ったのに、どうして先走った行動をしたんだい、碧泉？」

「申し訳ありません、……ですが、到底待ちきれなかったのです」

「まぁ……、お前の立場であったら、無理もないか。我輩も浅慮《せんりょ》に知らせてしまった」

ため息を吐く青磁は、殊《こと》の外《ほか》、怒っていないようだった。

あれから碧泉は駐屯兵を使い、宿屋の夫婦をひとまず牢に移させると、秋の宮殿で急ぎ青磁に報告をした。蓮は中庭で兵士の剣の稽古についているらしく、不在だった。

通された青磁の自室は、いつ訪れても圧巻の光景だ。部屋の広さこそ碧泉と大差ないが、壁一面に飾られる封印剣の数々は目を見張るものがある。長剣、短剣、白、銀、赤、黒、黄、金、緑、様々な刃が淡く光り、飾られている。

青磁が封印師の仕事上、請け負った負の記憶や可能性を司《つかさど》る剣だ。持ち主が二度と自分に戻したくないと望んだ場合、引き取るのだと言う。

封印剣を壊すのは、封印師であっても危険だ。封じたものが災いとして跳ね返ってくる可能性がある。ただ、封じたものの所有者が亡くなると自然に壊れるから、封印師はその時まで管理をするのだ。

碧泉が成人した頃から、青磁も封印師としての評判が益々上がって仕事が増えたらしく、封印剣は数を増やし続けている。四方の壁全て埋めるのは、近い日だろう。

「しかし、残念だったな。お前の封印剣は結局、見つからなかったとは……、ただの噂だったのだろうか」

「いえ、噂だけではないと僕は思います。実際目にしなければ立たない噂だと思いますし、もしかしたら誰かに持ち去られたのかもしれません。宿屋の夫婦に話を詳しく聞く予定ではありましたが……、どうにも彼らは口が聞けないようで」

「口が聞けない？」

オウム返しに聞いてくる青磁に頷いた。

「ええ、牢に入れてからいくつか質問をしたのですが、ぱくぱく口を動かすばかりで」

「それはおかしい。西地区にそういう者の話は聞いたことがない。……とすると、封じられた、か？」

封じられた、その可能性を碧泉も疑っていた。大体、最初から口の不自由な者ならば、話そうとさえしないものだ。身振り手振り、他の手段で伝えようとしてくる。だが宿屋の夫婦はひたすら口を動かそうとしていた。

「恐らく。彼らがもう少し落ち着いたら、筆談をさせる予定です」

「そうか……、念の為、西地区の住人にも彼らは元から口が利けなかったのか、確認をするとしよう」

険しい顔をして青磁は言った。それもその筈だ。人の身体の自由を奪う封印剣は違法だし、作れるのも高い実力を持つ封印師に限られている。

もし封印剣が原因だとしたら、すなわちそれは、違法活動に励む優れた封印師がいるということだ。深刻な事態だ。

「それから、兄様、こちらの剣もご覧になって頂けますか。宿屋の店主が未使用の状態で最初、持っていたのです。……そして朱虎が、僕を庇い、刺されてしまって」

碧泉から短剣を受け取ると、青磁は天にかざしてまじまじと眺めた。しばらくすると、ふっとやわらかに笑い「これは遅刻防止の封印剣だな」と答えた。

「もしかしたら、何か別の謳《うた》い文句で店主は手に入れたのかもしれないが……、まぁ奪われても特に支障もなかろう。むしろ朱虎殿にもいいことかもしれない」

「そう、ですか」

ほっと息を吐いた。青磁は短剣を返そうとした手を止めて「そう言えば彼は今、何をしているんだい?」と尋ねてきた。碧泉は逡巡したのちに、朱虎は今日限りで宮殿から下りて町で暮らすことになった、と説明した。

「もともと、僕の短剣のことは朱虎には無関係の話でしたから、その為だけにいつまでも縛りつけておくわけにはいきません」

「そうか。いなくなるのは淋しいな。だが、奪還の可能性は少なからず見えてきたわけだし、朱虎殿に吉報を届けられるのもすぐだろう」

「ええ」

「この封印剣は、我輩の方で保管をしておこうか? 朱虎殿が悠久に遅刻することもなく、健《すこ》やかな日々を過ごせるように」

それで構わない気もした。遅刻をしていい機会など普通ないものだし――、だがやはり、朱虎本人の望みではないものを奪ったままにしておくのは、気掛かりで。

「いいえ、何かの機会に、朱虎に返しておきます。責任を持って本人が保管するなり、自分の中に戻すなりさせましょう」

「……そうかい？　では」

短剣を布に包んで懐にしまった。ふと部屋の外から慌ただしい足音が聞こえて、ノックも無しに扉が開かれる。真っ青な顔をした誠が立っていた。

「誠？　秋の宮殿で何を無礼な――」

「っ申し上げます！　国王陛下が、病に倒れ臥せられました！」


王の急病に宮殿内は騒然としていた。碧泉と青磁はすぐさま夏の宮殿に駆け付けたものの、寝室への入室は従者たちに止められた。

王が患ったのは、昨年の夏に突如、南地区の港町を襲った熱病だ。これまで風樹国にはなかった病で、恐らく輸出入の際、外国から入ってきてしまったものと考えられている。

急な高熱と全身に赤い湿疹《しっしん》が現れ、最悪の場合、死に至る可能性もある。そのうえ感染力も非常に強い。昨年は港町を一時封鎖して、例年より半月早い秋を迎えさせることで、どうにか収束した。病原菌にとっては暑さが快適な環境だったのだ。

しかし、それ以外、治療法はまだ、確立されていない。

王妃でさえ今は王に近付くことを許されず、医師と薬師と限られた従者のみが王の看病に当たっていた。

「父様のっ、国王陛下のご容態はどうなんだ⁉」

「高熱で、意識が朦朧とされている状態です！　お話しすることも叶いません！」

「っ、東の森の薬草は試したのか⁉」

「試しております！　ですが、効果は……っ、認められておりません」

従者の報告に、碧泉は愕然とした。父様はもう六十歳を迎えている。昨年の流行時には、五十歳以上の患者は全員――、死亡した。

足元がぐらぐらした。まだ、まだ、教えて貰いたいことがたくさんある。まだ、父様を必要としている人がたくさんいる。それにまだ父様は――、次期国王を、指名していない。

――どうか青磁兄様を次期国王陛下に。

今日に至るまで碧泉は何度となく王に進言した。もうとうに、継承時期は迎えている。民も不思議に思っている。けれども王は頷かなかった。碧と翡翠の瞳を持つ王は、未だ、次の王もそうであるべきだと頑なに思っていたのかもしれない。

「碧泉、国王陛下のご容態は心配だが……、我輩たちに今できるのは、うろたえることではない。ご不在の間もきちんと政務を回していくことだ」

青磁が碧泉の肩に手をのせる。その手の平のあたたかさに少しずつ平常心を取り戻して、碧泉は深呼吸をした。

そうだ、まだ、王が崩御《ほうぎょ》すると決まったわけではない。国一番の医師と薬師も手を尽くしてくれている。それなら兄の言う通り、自分たちがするのは、王の代行だ。完璧に、漏れなく、円滑に国が動くように、しなくては。

「……その通りですね。では、兄様は、西地区と国土全体のとりまとめをお願いいたします。国王陛下ご決裁の案件で急ぎの物は兄様がご可決下さい。父様の管轄されていた南地区は僕が見ましょう。またあちらでも熱病が流行っていないか注意喚起も必要ですし、今建設中の用水路造りの件も、僕がまとめます。あとは……、国王陛下急病の件は、宮殿外には出さぬよう従者たちには命じましょう。誠、従者たちの間に布令を出してくれ」

「御意！」

誠はすぐさま碧泉の命に従うべく、駆け出した。青磁はじっと碧泉を見つめたまま、黙っている。訝しんで「兄様？」声を掛ければ、はっとしたように青磁は口を開いた。

「あ、ああ。お前の提案通りで、問題ないだろう。そのように、お互い取り計らおう」

「はい。もし兄様が国土全体のとりまとめが多忙で、西地区の方が見きれないようでしたら、叔父様に見て貰うようにいたしましょう。北地区は特別な問題はありませんから、叔父様も手を貸して下さるでしょう。それに西地区の開拓工事自体の進捗は、順調と聞いておりますし、少しの期間預かって頂いても大丈夫でしょう」

「……そうだな」

歯切れ悪く青磁は答えた。優れている人とはいえ、突然の大役に緊張をしているのかもしれない。出来る限り青磁がやりやすいように努めよう。碧泉は密かに決意をすると、その場を後にした。

しかし、周囲の努力も虚しく、僅か半月後、国王陛下は崩御した。

更にその二日後、王妃殿下も後を追うように、同じ熱病で帰らぬ人となった。

暑い盛りのことであった。

夜を迎え自室で一人になると、碧泉は寝台へ横になった。頭を酷使し過ぎたのか、ぼんやりとしている。躰が重たくて二度と起き上がれない気がした。全身から空気を抜くように、長い息を吐いた。

両陛下が亡くなってうろたえる宮殿内をまとめるのに精一杯で、正直なところ、自分は二人が亡くなった実感さえ乏しい。ただ、心にぽっかりと大穴が開いていて、そこにびゅうびゅう冷たい風が吹いていて、寒い。

こういう時、一番に恋しくなるのは、あたたかな腕の中だ。

「………朱虎、」

今頃、どこで過ごしているのだろうか。探す時間もなくて、把握ができていない。彼のことを思うたびに胸が壮絶に痛んで、苦しい。ぬくもりが懐かしくて、恋しい――、求める資格など、自分にはないのに。

「ぁ……っ？」

とくり、心臓が跳ねる音が聞こえた。とくり、とくり、とくり、耳元で聞こえるほど、鼓動は次第に速く、大きくなってくる。

まさか自分も、熱病に罹《かか》ってしまったのか？　冗談ではない、そのような暇はないのだ。両陛下が亡くなって次期国王が決められてない今、国はもっとも不安定な状況だ。けれども民に悟られるわけにはいかない。不安が増長し、国は乱れ、内乱が起こりかねない。だから国葬も、今はできない。

まずは、王不在でも、どうにか戴冠式の場を整える必要がある。だが通常は現国王から新国王に冠を授ける習わしだ。もし現国王以外が役目を果たしたら、どうしても不審がられるだろう。

或いは不審を一掃できるほどの統率力が新国王にあれば問題はないだろうが、未だ王の瞳は碧と翡翠であるべきだと信仰している民も、一部には根強くいる。青磁がいくら優れているとはいえ、瞳を持たない点においては弱い。

それに最近は、青磁も慣れない重責で、珍しく気が立っている。その状況で現国王の不在を貫くのは、強引過ぎるだろう。ならば、王の替え玉となれる人間を取り急ぎ用意すべきだ。戴冠式の時だけでいい。その後は隠居をされたことにして、青磁による王政が信頼を得た頃に、両陛下崩御の報告を――。

「っ、ンぁ」

思考の渦に逃げようとしていた碧泉を許さぬと言わんばかりに、熱が身を蝕んだ。けれど、違う。これは病による熱などではない――、あの時の、朱虎に抱かれた時の、熱さだ。

どうして急に、朱虎のことを考えたから？　だが別に睦《むつ》み合った日々を思い返したりしていない。憂いただけだ。こんな、まるで彼に全身を舐められ、昂らされるのと同じ熱さを抱く原因など、何もない、筈なのに――。

「あ、ぁ、ぅ……ッ」

寝台の中で躰を丸めて、熱をやり過ごそうとした。爪先もぎゅうっと丸め、通り過ぎるのを待つ。しかし、熱は加速する一方で、鼓動はどくどく脈打ち、性器も天を仰ぎ、後孔も切ないほどに疼いて。

「っ、は……、あけ、とらぁ…」

寝返りをいくら打っても、熱は見逃してくれない。陰茎からは先走りが零れ下着を濡らしていた。あろうことか後孔も自然と内壁を潤わせ、きゅうきゅう収縮を繰り返しはじめた。自分を抱き締めるように二の腕を擦れば、摩擦さえ刺激になって「ひぁっ」あえかな声が漏れた。

――どうして、なぜ。

朱虎と熱を交わした時、自分の躰が作り変えられたようだと感じた。躰は受け入れるのに従順だったし、飢えも渇きも不思議と覚えなかったから。でも、馬鹿げた錯覚だと碧泉は思っていた――、自分が彼を求めるあまりに、感じる錯覚。

もしかして、それは錯覚ではなかったのだろうか。獣人と人は似て非なる。何かしらの影響があったのだろうか。

考えてもわからない。碧泉にわかるのはただ一つ、狂おしいほど朱虎を求める気持ちだけだ。彼が欲しくて、足りなくて、躰が飢えて泣いている。淫靡な匂いを醸《かも》し出し、自分が求めるただ一人の雄が来ることを待ち望んでいる。離れた場所にいる朱虎を求めて、碧泉本人を置いてけぼりにして、躰は熱を集めた。

耐えきれずにもたつく手で寝巻を乱した。そそり勃つ性器を握る。びりびりと頭が痺れる快感が生まれる。三擦りもする前に吐精した。だがまだ、足りない。満たされない。中にも、欲しい。

「っ、ぁあ」

後孔へ中指を突き立てた。ひくつくそこは何の抵抗もなく、碧泉の指を受け入れた。指を動かしてみれば、にちゃりと濡れた音がする。奥から奥から、涎が溢れ出る。女でもないのに、どうして。

でも、どうでもいい。今はとにかく、ここを満たす快楽が欲しい。

「ふっ、ぁ、あン、朱虎、あけとらっ」

くちくちと中指を抜き差しした。渇きは少しなくなって、でもまだ物足りなくて、頭を振る。ぱさぱさと褥の上に黒髪が散らばって、壮絶な色香が醸《かも》し出される。だが見る人も、求める人もここにはいない。

おぼろげな記憶を頼りに、指を入口近く、腹側へ滑らせた。

「ひっぁあ！」

敏感な神経の塊に辿り着いて、躰が仰け反る。触れるのは怖い、でも気持ちがいいと、もう、彼に教えられてしまっている。一度触れたら止められず、指先で何度もぐりぐり刺激した。

「あっ、あぁ、朱虎、やっ…あ、もっと」

やわらかでつるりとしたしこりを指で撫でる。細い中指だけでは満足できなくなり、人差し指と薬指も一緒に差し込んだ。増えた異物に後孔は苦しむどころか喜ぶように蠢いて、自分の気持ちの良い場所へ誘う。熱い襞をなぞりながら、一息に押した。

「ッぁあああ……――！」

目の前が真っ白になる。躰ががくがく痙攣して、後孔は指を搾り取るように締め付け続けた。けれど、中を濡らすものが溢れないのが、物足りなくて、切ない。

視界が戻ってようやく、自分が達したのを知った。触るのを止めていた陰茎から飛び出た精は顔まで濡らしたらしく、唇に苦みを覚えた。

全身を包む脱力感、でもこれで熱も引くだろう――、ほっとした碧泉を嘲笑《あざわら》うように、ぶわりと躰の奥から再び熱が生じた。

「っ、嘘…、だって、イった……、もう、」

慌てて指を抜いても関係なかった。熱は血液を沸騰させ、頭をとろけさせる。全身を過敏にして、陰茎も胸の頂きもぴんと勃ち上がらせていた。ひくひくと後孔は新たな刺激を望んでいる。ただ一人を、待っていた。

泣きそうな気持ちで、もう一度、後孔へ震える手を伸ばした。

熱から解放されたのは結局、前回の朱虎の発情期の終わりと同じ、二日後だった。

「ご苦労様。進捗はどう？」

　用水路工事現場に赴くと、近くにいた作業員に声を掛けた。一瞬、作業員は怪訝そうに碧泉を見た。童顔の子どもが随分と偉そうな尋ね方をする、と思ったのかもしれない。

　しかし、すぐにはっとした顔をして、慌ててかしこまった。

「っこれは碧泉王子！　ど、どうされましたか？　わざわざ現場などにご足労頂くとは」

　王族が訪ねて来るなど、彼には初体験だったのだろう。まばたきを繰り返していた。自治区以外ではわりとよく見る反応で、碧泉は慣れていた。

「うん、指揮を執《と》るには現場を見るのが一番だと僕は思っているものだから。作業中に声を掛けてごめんよ」

「い、いいえ、滅相《めっそう》もございません！　あの、詳しい状況でしたら、班長を呼びますが……」

「ああ、それはもう訊いているから大丈夫。実際に現場で作業している人とも少し話せたら、と思っただけなのだよ。それで、どうかな？　困っていることはない？」

　作業員の男は目を丸くしてから、こくこく頷いた。

「はい！　ご覧の通り、あとは排水路の落とし口部分を残すのみです！」

「順調で何よりだね」

「はい！　……ただ、」

作業員が口ごもった。碧泉は小首を傾げ「どうかしたの？」優しく先を促した。

幼顔の碧泉に絆されたのか、作業員は続きを言った。

「……あの、作業こそ順調ですが、この炎天下続きでは、完成した時にも肝心の流す水がないのではないかと、皆、懸念しております」

見上げた空はからりと晴れている。影を作る雲もなく、地表全てを照らし、立っているだけでも汗が流れた。碧泉は額に浮かぶ汗を手の甲で拭った。

「碧泉王子、今年は何だか妙ではありませんか？　例年ならもう秋を迎えているのに、暑さは続く一方だし……、このままだと、作物も枯れてしまいそうで、俺は何だか不安で」

「……たしかに、少し炎天下が続いているね。けれど、大丈夫だよ。……直に秋がやってくる。それに王家でも今、念の為、炎天下対策についても話をしているから。水をあまり必要としない作物が南地区端にあるから、それをもっと増やそうと思っているのだよ」

肩を叩いてやれば、作業員はほっとした顔をした。内心、自分の二枚舌に呆れながらも、碧泉は笑顔を崩さなかった。

「そうだ、赤の実の飲み物をあそこに持ってきているから、きりがいい時に作業者たちで分けておくれ。僕はこれから東地区に赴かなくてはならないから、後は頼むよ」

「はい！　ありがとうございます！」

一礼をする作業員に片手を上げて、碧泉は馬に乗って東地区へ急いだ。

両陛下崩御から一ヶ月が経過した。幸い熱病の流行はなく、政は青磁を中心に据え、手分けをしてどうにか滞りなく進めているが、それでも王座の空席に不都合は生じてきていた。

毎年恒例の夏の剣術大会、豊饒祭《ほうじょうさい》、他国の王族との宴席、どれも本来なら王自らが出席する場だ。王は体調不良と偽り、青磁が出席することで今は体面を保っているが、これ以上の不在は取り繕えないだろう。民だけならず、他国からも訝しがられる。

しかし、王の代役を務められる人物が、未だ見つからないのだ。姿が似ているのはもちろん、秘密を絶対に口外しない人間。二つの条件を満たす人物は簡単には現れなかった。

もう姿さえ似ていれば、あとは封印剣で口封じをすればいいだろう――、言い出したのは、驚いたことに青磁だ。

碧泉はそれを止めた。封印剣の在り方について法を定めている王族が、そんな真似《まね》をしてはいけない。人権に関わる問題だし、全ての民に示しがつかない、王族は正しくあるべきだ。そう訴えた。

『では、いつまで王不在を続けるのか！』

青磁は痺れを切らした様子で怒鳴った。いつも温厚な兄の大声にも、言っている内容にも碧泉はびっくりした。

慣れない重責に疲れているのはわかる。それでも、越えてはならない一線はある。権力を持つ、王族だからこそ。

『兄様の焦る気持ちはわかります。ですが、事を急いたせいで取り返しのつかない事態も起こり得るのです。もう少し、森の方も捜させますから、今しばしお待ちください』

青磁は頷きも否定もせず、踵《きびす》を返して去った。

兄の苛立《いらだ》ちに拍車を掛けている理由は明確だ。長く続く、この夏だ。用水路の作業員には秋がじきに来ると話したが、そのような見込みはない。政務の傍らで捜索を続けている碧泉の短剣は相変わらず見つからないし、他に季節を回す方法も、わかっていない。

一度、青磁と共に恵風の間に下りた。王がいない今、王たる瞳を持っていなくても入室が許可されないものかと願って。しかし、部屋は頑なに二人の入室を拒んだ。碧泉には強烈な頭痛を与え、青磁には恐ろしいほどの眠気を寄越して、二人を受け入れない。

恵風の間から出た青磁はきっぱりと、碧泉に言った。

『――あの部屋を、埋めてしまおう』

碧泉は耳を疑った。何を言っているのか、訊き返せば、青磁は平然と答えた。

『我輩は季節を回すことに躍起《やっき》になるよりも、現状を受け入れて、いかに生きるかを優先すべきだと言っている。天変地異が起こった、そう思えばいい。その覚悟を決める為にも、恵風の間は埋めてしまおう。ははっ、もしかしたら、埋めた結果、季節が廻《めぐ》り出《だ》す、そんな展開もあり得るかもしれないではないか』

　現状を受け入れて、いかに生きるか。事実として国は乾いて、少しずつ、民も異変を感じている。今を生きることを考えなくてはならない。

　だが、どうして同時に、季節を回す手段も考えないのだろう。

　今まで青磁だって研究してきたのだから、引き続き探せばいい。自分も短剣を何としてでも見つける努力をする。現状対策と季節を回す方法、二つを取るのは欲張りなど、誰が決めただろう。

　自分たちは権力を持っていて、この国の頂点に立つ王族だ。頂点に立ち、民を導く為ならば、二つくらい、欲張ってみせるべきだ。

　何よりも碧泉はこの国の四季を愛していた。春になればあたたかい風が吹き、たくさんの花々と生き物が活発になり、夏になれば青々とした若葉と眩い日差しに照らされ、秋になれば色付く葉と共に長雨を楽しみ、冬になれば枯れ木を彩る白雪の眩しさに目を細める。そういう当たり前の日々を愛してきた。

　きっと民たちも同じだと思う。色とりどりの季節の景色に、大切な思い出を誰もが持っている。季節の中に愛おしい記憶を繋げるだろう。簡単に失う決断は、できない、したくない、してはならない。

　大体、恵風の間を失くしてよくなる保証もないのだ。それどころか、季節を失って国が破綻しないとも言えない。青磁の提案はあまりにも無謀《むぼう》に思えた。

『兄様、僕は反対です！　たしかに……、現状の対策も考える必要はありましょう。ですが、同時に季節を回す手段も考えていくべきです。策を一つに絞る必要など皆無。引き続き僕も短剣を探しますし、他の手段も――』

『碧泉、お前は最近、我輩に反対してばかりだな。……本当は未だ自分こそが、王に相応しいと思っているから、恵風の間にも未練を見せるのではないか？』

碧泉は絶句した。何を突然、と驚いた。思ってもいない一言で、ある種の裏切りだった。

自分は青磁の支えになりたいと願って、そのつもりで今日まで務めてきた。反対するのは実行後の問題が目に見えるからで、間違っている時こそ自分が助言をすべきだと思っている、それなのに。

『っ僕はそのようなつもりは――』

『もういい、疲れた。……お前がそう言うのなら、あと半月だけ、待とう。だが半月後に短剣か他の手段が見つからない限りは、我輩はあの部屋を埋める、必ず』

『兄様ッ！　待ってください！』

碧泉の声を無視して、青磁はその場を後にした。

つい三日前の記憶を思い起こしながら、碧泉は小さくため息を吐いた。馬の背中に乗っても流れる風は生ぬるく、ちっとも涼しくない。息苦しいくらいだ。顎の先に汗が流れて、鎖骨の窪みに落ちる。

青磁を止めなくてはいけない。手っ取り早いのは短剣を見付けることだ。宿屋の夫婦は次第に正気を取り戻し、従順な様子を見せたが、彼らに字が書けないという根本的問題で筆談は失敗に終わっている。

全ての民に一定の教育を義務付けるべきだと、碧泉は痛感しながら、取り急ぎこちらの質問に首を縦か横に振る形で尋問を行った。判明したのは、彼らはやはり誰かに言葉を封じられてしまったこと、碧泉の短剣は存在を知らないこと、その二つくらいなものだ。

どうして封印剣に魅入られた噂が流れたのか、どうして未使用の封印剣を持っていたのか、どうして碧泉を襲ったのか、わからないことは山とあるし、彼らに尋ねれば何事かを語ろうとはしてくれるものの、言葉は聞こえない。一応、読み書きの教育をさせはじめてはいるが、年老いた彼らは覚えがあまりよくなく、全てを語れるまで果たしてどれほど時間が掛かるだろう。到底、青磁の言う期限には間に合わない。

もはや振り出しに戻った。だが、何としても青磁を止めねばならない。

町役場に一旦馬を預けると、碧泉はマントのフードを深くかぶった。町外れへ入っていけば、徐々に行き交う人の様相が変わってくる。裏に暮らす、どこか後ろ暗い気配のある人たち。碧泉はもはや見慣れた人種、闇競売に出入りしている者たちだ。

ここを尋ねた目的は一つ、次の闇競売の開催日を知ることだ。今月であることはたしかだが、摘発を恐れて、詳細な開催日は事前に告知されない。知る為には東地区端に屋敷を構える貴族の家を訪問する必要がある。合言葉を告げて、日付を教えて貰う。或いは他の参加仲間に同じように合言葉を伝え、尋ねるか。

帽子を目深にかぶった長身の男とすれ違った。碧泉は思わず振り返った。反射的に手を伸ばし掛けて、寸前で引込めた。

何を、馬鹿なことを——朱虎に、見えたなんて。

よく見れば、違う。後ろ姿でも、わかる。簡単に、わかってしまう。大体、もし本当に彼だったとしても、手を伸ばしてどうする。突き放したのは自分だ。これでよかった、のに。

頭を振って歩みを進めた。途中、二人組の男に後ろから抜かされた。彼らは小声で、けれど浮かれた様子を隠せないまま話していた。

「——今日は虎の獣人が出されるそうだぞ」

「——そいつは本当か？　本物なら、珍しいどころの騒ぎではない。是非欲しいものだ」

碧泉は足を止めた。今日は、虎の獣人が、出される——？　何に、など聞くまでもない。二人組の男もよく見れば、いつも闇競売にいた顔ぶれなのだから。

問題は、今日、出されるのが、虎の獣人だと言うことだ。

「……朱、虎？」

小さな声を拾う人はない。

馬鹿な、朱虎ではないに決まっている。でも、虎の獣人なんて彼の他に聞いたこともない。

否定、動揺。両方が混ざって、心がぐちゃぐちゃになった。

あれから政務の傍らに朱虎を捜しているものの、見つかっていないのも不安の一つだろう。所在だけでも知りたいのに、彼は忽然《こつぜん》と姿を消している。

まさか、いや、けれども。不安が増長していく。ただ、答えは一つ、今宵《こよい》の闇競売に必ず参加する、ということだ。

がやがやと客席は賑わっていた。開始前はいつも奇妙な高揚感に包まれて、人々は下衆な話をしている。先日購入した異国の娘の伽《とぎ》の具合がいい、封印剣で気に入らない男の記憶を奪いすっとした、落ちぶれた貴族の持ち物の宝石は自分の方がずっと似合っている、獣人に果物ばかり与えると血が飲みやすい――、耳から腐ってしまいそうな話題がいつもより癇《かん》に障《さわ》った。

たぶん、はじめて一人でここに来ているからだろう。これまでは朱虎と一緒だった。誠を連れて来ることも考えたが、やめた。そもそも誠は碧泉が闇競売に潜入するのをよしと思っていない。これまでは王の命もあったし、朱虎も一緒だったから承知していたが、報告をするといつも苦い顔をした。もしもついてきてくれと頼めば、私が代わりに行きますので碧泉王子はおやすみなさって下さい、誠はそう言うだろう。しかし今日は、何としても自分の目でたしかめなければ気が済まないのだ。

司会の男が壇上に現れた。わざとらしくも恭しい挨拶をして、闇競売がはじまった。

港町の幼い男の子、世界各地で幾百人の女を凌辱した男の記憶を封じた剣、獣人の心臓の干物、亡命した貴族の指輪、犬の獣人、過去十年間の記憶を封じられる剣。後半に差し掛かるにつれて、品物は価値の高い物となり、会場は益々不気味な興奮に包まれる。

時間的に残りあと一品、だろう。碧泉はごくりと唾を呑んだ。きっと、あれは犬の獣人の噂に尾ひれがついただけで、間違いだった。そうに決まっている。朱虎がここにいるわけが――。

「――さぁ、お待たせいたしました！　今宵最後に皆さまのお目に掛かりますのは、虎の獣人でございます！」

舞台脇から連れてこられたのは――、朱虎だった。

裸に首輪をつけられ後ろ手に縄で縛られて、猿轡までされていた。

言葉を失った碧泉に反して、客席からはどよめきが起こった。

ぴくぴくと動く縞模様の耳と尾、たくましい肉体、鋭い眼差し、口元から覗く鋭い犬歯。もう人型の朱虎を見ても、猫と間違える者などいなかった。彼は美しき獣だ。縛られてもなおぎらぎらと輝く瞳は、隙を見せれば喉笛を噛み千切ってやると言わんばかりだ。実際、彼は捕縛されてからも、噛み付いて逃げようとしたのだろう。だから猿轡までされているのだ。

「この美しき金髪と緋き瞳をご覧ください。夜にも星の光を浴びて輝き――」

「御託《ごたく》はいい！　さっさとはじめたまえ！」

客席から野次が飛んだ。皆が目を血走らせて、美しき獣が欲しいと望んでいた。跪かせたい、部屋の奥で自分だけの愛玩動物として愛でたい、苦悩に眉を寄せ首筋から流す血を啜りたい、あの美しき獣から流れる血は他のどの獣人よりも優れているだろう、いっそ耳を削いで尾を千切り常に共に歩かせたい。濁った欲望が渦を巻く。

「失礼いたしました。それでは虎の獣人、五十から――」

ザザッと碧泉を除く客席全てから手が挙がる。司会の男は愉しげに目を細めて「野暮なはじまりでしたな。では、百ではいかがですかな？」と言った。

まだ手は全然下がらない。百十、百二十、百三十、徐々に司会の男が値を上げていく。大体の獣人が競り落とされる二百を迎えてもなお手は挙がり続けていて、異様な光景だった。

二百五十まで上がると、ようやく半分下がった。三百で手がまばらになったのと同時に、客から声が上がる。三百十、三百二十、三百二十五。風樹国で金三百と言えば、家が一軒建てられる金額だ。それにも拘わらず、声は止まる気配が――、三百四十、ぴたりと続けざまに上げられていた声がなくなる。

「――三百四十！　三百四十が出ました！　他はありませんね？」

司会の男が興奮して叫ぶ。口が「それでは、」と紡ぎ掛けたところで、碧泉ははっとした。このままだと、朱虎が最後に金額を提示した紳士の物になってしまう。緑色の帽子の下から覗く紳士の瞳は、氷みたいに冷ややかだ。一体、朱虎に、何をしようと言うのか。

こんな目に合わせる為に自由にしたのではない、違う、嫌だ。嫌だ、嫌だ、嫌だ、嫌だ、どうして、だって朱虎は――――、僕のものだ。

「三百五十ッ！」

気が付いたら、腹の底から声を張り上げていた。客たちがざわつく。緑色の帽子の紳士は歯噛みするような顔を浮かべながら、負けじと「三百六十」言い返す。

「三百七十！」

「三百八十」

「三百九十！」

「っ四百」

均衡して価格が上がっていく。客たちは皆、碧泉と紳士に注目していた。そして朱虎も、呆然と碧泉を見ていた。

四百三十を碧泉が叫ぶと、紳士が重ねるように「五百！」言い放った。均衡が崩された。勝ち誇って紳士は笑う。

「ご、五百が出ました！　上はありませんか？」

碧泉はすうっと深呼吸をすると、静かに言った。

譲れない。絶対に、譲らない。

「――千、千でその獣人を買うよ」

しん、と会場内は静まり返った。人の存在が忘れ去られ、夜のしじまに支配されたような静寂。どのくらい、時が経っただろう。碧泉が紳士に向かって「まだ、続ける？」訊いて静けさは断ち切られた。

「っち、やめだやめっ！　これ以上出したら破産しちまう！」

「そ、それでは、千、千で虎の獣人は、黒色のマントの青年の物に！　皆さま、拍手を！」

沸き上がる拍手も無視をして、碧泉は壇上へ近付いた。そのまま、従業員の制止の声も構わずに、舞台上の朱虎の腕を掴んだ。朱虎と間近で視線が合う。数ヶ月の別れなのに、もう何年も逢ってないような気がして、泣きそうになった。

よくも自分は、嘘を吐けたものだ。よくも彼を、手放そうと思えたものだ。

こんなにも――、朱虎が愛おしいのに。

「お客様！　高額商品の受け渡しは閉幕後に」

「これで足りる筈だよ。早く確認をして。僕は今すぐ、彼を連れて帰りたいのだから。もし封印も施されているのなら、剣もつけて」

マントの下でばらばらと宝飾品を外すと、従業員に押し付けた。あいにく現金は持ち合わせていない。不安をとかしたくて参加はしたものの、朱虎を買う可能性まで考えが及んでいなかったのだから。

けれども午前中、外交政務の為に正装をしたままだったのが幸いした。宝石ならば千に充分足りる数だけ、身に着けている。足りなければ自分が持つ全てを売ってでも、買ってやる。

闇競売でも滅多に出回らない上等な品物に、従業員が固まった。客席もざわめいていた。

「足りない？　充分だと思ったけれど？」

「っ足ります！　充分でございます！　どうぞ獣人をお持ち帰りください！　封印剣は付随しておりません！」

「そう、ありがとう」

首輪をその場で外し床に落とすと、縛られたままの朱虎の腕を引いて、碧泉は会場を後にした。突き刺さる視線など一つも興味がない。今頭にあるのは早く、彼を連れて帰ろう、それだけだった。

会場の外に出て、馬を停めてある森の入り口まで朱虎を連れて来た。ようやく彼の手の縛めと猿轡を解いてやる。猿轡を解く時に唾液が糸を引いて、つ、と朱虎の口からも零れた。碧泉は指先でそれを丁寧に拭った。

「朱虎、心配した、本当に、心配したのだよ……。一体どうして、あんなところにいたの？ああ、でもその前に、服を着ないと……、丈が短いけれど、マントなら僕の物でも着られるね」

脱いだマントを朱虎に羽織らせる。前を留めている最中に、ぱくぱくと朱虎が唇を動かした。猿轡をされていた間は動かせなかったから、きちんと動くか確認でもしているのだろうか——、違うと気が付いたのは、朱虎が真っ直ぐに瞳を覗き込んで、懸命に唇を動かし続けるからだ。

「……朱虎？」

「っ、は……、――っ」

「どうしたの、朱虎。話してくれないと、わからな――」

――話してくれないと？　彼は、話そうとしているように見える。どこかで見たことのある光景だ。そうだ――、宿屋の夫婦と、同じではないか？

まさか、信じたくなかった。喉がからからに渇いて、声が掠れる。

「朱、虎……、言葉を、奪われて、いるの？」

朱虎は、はっきり頷いた。

『──碧泉、お土産だよ』

七つ上の兄はいつだって優しかった。幼い碧泉が外出を許されない代わりに、様々な話を聞かせてくれたし、土産もよくくれた。

『ありがとう、にいさま！　わぁ、キレイ……、これはなんですか？』

『今日は港町まで行ってな、そこで買った貝を使った小物入れだ。ここの部分が角度によって色が違って見えて、ちょうどこうした時……、碧泉の瞳によく似た色が見えるだろう』

手の平に納まる丸い小箱が斜めに傾けられる。日差しを浴びたそれは、ちかり、碧と翡翠の混ざり合う色が見えた。

『すごいです！　ほんとうに見えました！』

『そうだろう？　一日見て、惹かれたよ……、さぁ、今日見た港町の話をしようか』

『はい！　ぜひ！』

青磁の膝の上に座ることがまだ許された、何も知らない無垢な幼い時。青磁は穏やかに微笑んで──、いた、のだろうか？

微笑みが、今は思い出せない──。

息苦しい沈黙が流れていた。夜を迎えて涼しくなった四季の宮殿の中庭で、碧泉と青磁は敷物を広げ、食事を共に摂っていた。いつもなら傍にいる給仕の従者もおらず、二人きりだ。

碧泉はうさぎ肉の包み焼を一口含みながら、青磁を眺めた。ちょうど付け合わせの赤の葉を口に運んでいる。視線が一瞬合う、けれども会話は生まれない。

食事を共にしよう。提案したのは青磁だ。内心戸惑ったものの了承した。もしかしたら青磁なりの歩み寄りの姿勢かもしれない。現に青磁も軽装で、剣も差していない。それに、いずれにしても話す場は必要だった。

零れ落ちそうになるため息も疑問も今はまだ飲み込んで、碧泉は赤の実の果実酒が注がれた木筒を手に取った。鼻孔をくすぐる優しい香りに少し心をとかされながら、唇に運ぼうとして、手を止めた。

「……どうした、碧泉？」

青磁がようやく口を開いた。

碧泉は一口だけ嚥下《えんげ》すると、ゆっくりと木筒から口を離した。

「……え、いえ、別に。随分と浸け込んでありますね、美味しいです」

「それはよかった。お前の為に用意したのだから。もっと飲むといい」

「……兄様も、飲まれますか」

木筒を差し出した。青磁はゆるく首を横に振った。

「いや、我輩はどうにも最近、酒に悪酔いしてしまうから、お前だけで飲みなさい」

「……ありがとうございます。いただきます」

いつものように優しい微笑みを浮かべる青磁に見られながら、碧泉はもう一口、果実酒を飲んだ。よく寝かされ、熟成した味は上等なものだ。ついつい、杯を重ねたくなる。けれども酔うことが目的ではない。

一度沈黙が破れれば、嘘のように会話は紡ぎやすい。碧泉は唇を舐めると、口を開いた。

「……兄様はまだ、恵風の間を埋めるおつもりですか？」

青磁が食事の手を止めた。まばたきを一つしてから、意外なことに「いや、」と言った。

「あの時は、我輩も疲れていて、過激なことを口にしたな……、四季は我が国の誇るべき宝だ。もっと、尊ぶべきだ」

声の低さが真剣であることを示しているようにも感じられた。心からそう思ってくれたのなら、喜ばしいことだけれども。

碧泉は小さく唾を呑むと、口を開いた。

「兄様ならわかって……、」

そこまで言うと、碧泉はふつりと操り糸の切られた人形みたいに、その場に倒れた。

「碧泉？」青磁が呼ぶ声が聞こえる。けれども碧泉は起き上がらない。ぐったりと横になったままだ。

さやさやと風が木々を揺らす。夏の匂いが色濃い。永久の夏も素晴らしいとは、まだ考えられない。全てを尽くした結果として、夏だけが残されたのなら諦められる、けれど、今はまだ違うから――。

青磁が立ち上がる。碧泉の下へ歩み寄ると、何度か肩を軽く掴んで揺さぶった。目覚めないことを確認して、そのまま碧泉を抱え上げた。ふわり、ふわり、どこかへ運ばれる感覚。全て明確に感じ取っている――、本当は、眠りになど落ちていないのだから。

何が答えなのかさえ、今はわからない。ただ、信じたいものは碧泉にもある。青磁を信じたい、そして朱虎も信じたい。どちらも本当だからこそ、真実を証明しようと決めた。たとえ結末が、哀しいものであったとしても。

長い階段を下って行く感覚で、恵風の間に向かっているのに気付いた。さして驚きはなかった。どこかで予想していたのかもしれない。ただ、目的は未だに判然としない。

カツン、足音が反響する音が変わる。平らな道を進む。部屋の前についたのだろう。

そっと床に下ろされる。陽が届かないそこは冷たかった。

「……碧泉、」

続ける言葉は生まれない。耳が痛いほどの静寂が流れる。青磁は一体何を言いたかったのだろう。代わりに聞こえたのは、シュッと刃が鞘から抜き出される独特の音。鼓動が速くなる。どうして、叫びたい気持ちと、やはりそうなのか、凪《な》いでいく気持ち。二つに支配されたまま感覚を鋭敏にして、来たるべき瞬間を待ち構えた。

ヒュンッ――、空気が動いたその時、碧泉は懐にしまっていた短剣を鞘ごとかざした。

キィン、金属の交わる冷たい音が響く。目を開いた先では青磁が自分に向かって、長剣を振り下ろしていた。中庭のどこかに、あらかじめ隠していたのだろうか。自分も懐に潜めていたから人のことは言えない、けれど。短剣越しに両手へ与えられる重みは、衝撃は、本気のものだ。

この悪夢みたいな光景は、一体何だろう。「……兄様、どうして、」苦渋のにじむ声が出た。

「……お前こそ、どうして起きている？　眠っているはずなのに妙に躰が緊張していたから、もしや、とは思ったが」

言葉が確信を与える。違う、本当はとうにわかっていた。果実酒に混ざっていた睡眠薬を誰が盛ったかくらい、答えは最初から明確だった。ただ、わからないのは、青磁が事を起こした理由だけ。

「僕は昔……、睡眠薬を飲まないと眠れない時がありました。だから薬の味はわかってしまいますし、あのくらいでは、眠れません」

「それは想定外だったな。………眠っていれば、楽に死なせてやったものを」

青磁の顔からは表情という表情が消え失せていた。人の声とはここまで温度を削ぎ落せるのかと、ぞっとするくらいに無機質で。

力任せに青磁が刃を押してくる。体勢も圧倒的に不利だ。上から与える力の方が強いに決まっている。それでも碧泉は慌てなかった。腕に力を込めて、ただ目を凝らす、そして。

「――朱虎ッ！」

碧泉の叫びに青磁が振り返る。長剣を手にした朱虎が、青磁のすぐ背後まで迫っていた。階段を降りる足音も忍び寄る気配さえなく出現したことに、青磁は内心動揺したのだろう。いつもは洗練された太刀筋に乱れが生じた。それでも朱虎が振りかざした長剣を辛うじて受け止める。ただその瞬間、背後の碧泉を脅威と捉えていなかったのが、あだとなった。

碧泉は青磁の背中に抱き付くと、鞘を捨て、喉元へ短剣を突き付けた。

「動かないで」

「碧泉、お前ッ！」

「……兄様、剣を床に下ろして」

青磁が歯ぎしりをした。

しかし、朱虎が刃を顔の前に突きつけると、青磁は剣を脇へ放り投げた。朱虎が剣を手が届かないところへ運んだのを見届けてから、碧泉は改めて訊いた。

「兄様、教えて下さい。……あなたはどうして、闇競売の斡旋をしているのですか。どうして、朱虎を闇競売に出されたのですか？」

朱虎を連れて帰ってから、長い長い話を、碧泉は訊いた——、正確には、読んだ。朱虎に文字にして貰ったのだ。もともと、彼には碧泉手ずから読み書きを教えていた。
けれど、宮殿でも王族直近の従者以外では、読み書きができないのも珍しくはない。ましてや獣人でそれができる者など、聞いたこともない。だから読み書きの可能性までは、奪われていなかったのだろう。

朱虎は不在の間に、驚くべきことをしていた。闇競売の従業員を一人捕らえて衣服を強奪し、従業員に成りすまして潜入を試みたのだと言う。

あまりの大胆さに呆れたし驚愕した。理由を尋ねれば憮然《ぶぜん》とした顔で「最初は碧泉の言ったことに苦しんだ。だが次第に、あれがお前の本心とは思えなかった。思い出せば碧泉はあの時、髪を触っていた。碧泉は知らないだろうが、碧泉は建前や嘘、誤魔化したいことがある時、何かと髪に触れる。それでも、嘘を吐く意味がわからなかったし、お前は無意味な嘘は吐かない。一度言った以上は、簡単に覆さないのも知っている。だからこそ、お前に再び迎え入れて貰う為の、いわば土産として、そして俺自身の望みとしても、碧泉の封印剣を手に入れようと考えた。内情を知ることができれば、それが早いと思って、侵入した」と書いた。

朱虎の寄越すひたむきな信頼に、碧泉はすぐにでも謝罪の言葉を、そして自分の真の心を打ち明けたくなった。けれども飲み込んだのは、先に続きを訊くべきだったからだ。

「では、そこで見つかってしまって、出品される羽目になったのだね？」

首が縦に振られる――かと思いきや、朱虎はぴたりと動きを止めた。難しい顔をして、何度か口を開こうとして、もどかしそうにしながら再び字を書き連ねる。字の乱れは朱虎の気持ちをそのまま表しているのだろうか。続けて書かれる内容に、碧泉は隣から覗き込んで目を剥いた。

「……兄様と、競売の準備期間中に会場で遭遇して、言葉を奪われた？　ちょっと待って、朱虎、一体、何を言っているの？　兄様があんな場所に行くわけが、」

――いた。あれは青磁王子だった。不意打ちで言葉を封じる剣で俺を貫いてから『やっと邪魔がいなくなったと思ったのに、どうしてこんなところにいる』と訊いてきた。それから次の闇競売には碧泉は来る暇もないだろうからちょうどいいと、俺を出品する手筈を会場の主催者に指示した。

――慣れた様子だった。青磁王子は、無関係どころか、主催者側と深く通じている。

にわかには信じられなかった。だって、意味がわからない。どうして青磁がそのようなことをする必要がある？　青磁は王になるべき人で、闇競売などいずれは取り締まるべき場所で、そもそもどうして朱虎が邪魔だったなどと言う？

うろたえる碧泉をよそに、朱虎は更に続けた。

――大勢に囲まれて、縄で縛られて、暴れたが逃げられなかった。碧泉と別れてから虎にもなれなくなっていたから、縄を引き千切るのも不可能だった。

虎になれない？　その事実に碧泉は愕然とした。だってまるで――、獣化する権利を奪われた獣人のようではないか。会場に入る前から獣化できなかったというのはつまり、その前には封じられていた。そんなの、あの時しか思い付かない。

でも、青磁は金色に輝く封印剣を見て、はっきり断言した――、ただの遅刻防止のまじないしか施されていない、と。

頭の中で細い糸がぐちゃぐちゃに絡まったみたいに、碧泉は混乱した。呆然としたまま「本当に……、誓って、兄様だった？」訊いた。朱虎はしっかり頷いた。

濁りない眼差し。この瞳を自分は信じている。ただ、生まれた時から慈しんで貰った兄のことも、信じている――、違う、正しくは信じたかった、のだ。

今宵、碧泉は自分が闇競売に参加したことを青磁に伝え、反応を窺う気だった。それから朱虎に訊いた全てを打ち明けて、理由を尋ねる。もしかしたら、兄なりの正当な理由があるのかもしれない、そう、思い込みたかった。

先に殺意を向けられた今となっては、甘い考えだ。その癖、甘い夢を見ながらも警戒をして、短剣を忍ばせ、朱虎をこっそり傍に控えさせた。その時点で答えなど自分の中でも出ていたようなものなのに、何を夢見ていたのだろう。何を期待していたのだろう。

短剣を持つ手が震えそうになる。歯を食いしばって、碧泉は静かに耐えた。

「……どうして、か。妙なことを聞く」

くつくつと青磁が喉を鳴らした。おかしくてたまらない、そう言わんばかりに笑い続ける。

「くくっ、碧泉、お前は純心な子だった。純心で、美しく、気高く、当然のものとして自身の権力を知る、ははっ……とても、鼻持ちならない弟だったよ、生まれた時からね」

肩越しに振り返った青磁の目は、ちっとも笑っていなかった。空色だと思ってきた瞳は、絶対零度の氷になって碧泉を射抜いた。

「はっきり教えようか、碧泉、我が愚弟よ。闇競売は我が国に必要だ。豊かな国を作るには経済を回す必要がある。単純な話、額が大きければ大きいほど効果は高い。あそこでは大きな金額が動く。多少の違法行為など目をつむれるほど、効率が良い。だからこそ、場は整えてやるべきだと思わないか？」

「…………まさ、か」

無意識に固唾を呑んだ。こめかみにぬうっと汗が一筋伝った。何か、根本的な、とんでもない思い違いを、自分はしているのではないだろうか。

違う、そんなわけは、ない――。

ふっと青磁が鼻で笑った。

「まさか？　まさか、闇競売へ援助をしているとは思わなかったか？　それともまさか、賊も使っていたとは、思わなかったか？」

頭が真っ白になった。

明るい場所なのに、何も見えなくなる。血が凍って、心臓は一瞬止まった。

――賊も、使っていた？

つまり、兄様は、今回の朱虎の件だけでは、なく――。

「――ッ！」

朱虎が声なき叫びを上げた。けれど碧泉は気付かなかった。躰が後ろへ弾き飛ばされる。じんじんと鳩尾《みぞおち》が痛い。青磁に肘で突きのけられたのだ。

すかさず朱虎が青磁の首元へ長剣を運んだが、青磁の方が一歩速い。懐に隠し持っていた短剣で、刃を受け止める。耳をつんざく、高い金属音が反響した。

その光景は、残酷なほど美しく、碧泉の目に飛び込んできた。

碧と翡翠。二つが混ざった光が、きらきら、辺りを照らす。ちかちかきらめいて、刀身自体が宝石みたいに輝いて、朱虎の長剣を受け止めていた。記憶と同じ輝き。まじないを見抜けない瞳にも、一目でそれが特別で、ずっと探していた物だとわかる。

求め続けた物は、近くにあった。これ以上ないくらい、近くに。

知ってしまえば、くるくると頭の中で無情な真実が結びつく。断片だった疑問を、綺麗に穴埋めしていく。

病一つしてこなかった青磁の発熱、東の森へ促す蓮の発言、誰かに遠ざけられた誠、見計らったように現れた賊、王位継承権を封じる高度なまじないが掛けられた剣。

蓮の持ち帰った宿屋の噂話、噂話の流れた地区、宿屋の夫婦から奪われた言葉を発する権利、朱虎が行くべきだとほのめかす独り言、獣化を封じる剣。


――青磁が、王位継承権を、剥奪した？


嘘だ、まさか、馬鹿な。でも、辻褄《つじつま》は、合う。

では、朱虎の件は？

何の必要があって奪った？

ああ、今この時に、弟を始末する場にいられたら、邪魔になると、思った、のか――。

「碧泉、我輩は…っ、生まれた時から当たり前に、王たる資格を持っているお前が憎くて堪らなかった。我輩が先に生まれたのに、血反吐《ちへど》を吐く努力をいくらしても、決して王にはなれない……、お前にこの悔しさがわかるか!? 生まれた時から期待をされていない口惜しさが！

父の後をつけて訪れたここで眠りこけ、お前には資格がないのに、そう憐れまれた虚しさが！　最初から持っていたお前になどわからんだろう！　……だから、だから我輩は、挫折《ざせつ》を一つも知らないお前に、贈り物をしてやったのさ。賊たちは、大層お前をかわいがってくれたらしいね？　純潔を奪われなかったのは、計算違いだったが」

「ッ！　――――！」

「はっ、何だ、獣人よ。お前の言葉など何も聞こえぬわ！　だが、お前如きが字を書けるとは想定外だったな……、いっそ四肢を動かす権利でも奪うべきだったか。しかし、いいのか？　この剣はお前の大切な、碧泉の封印剣だ。お前の剛剣に、はたしていつまで耐えられるだろうな？」

朱虎の瞳が迷いに揺れた。その隙を青磁は見逃さなかった。瞬時に刃を弾いて屈むと、朱虎の胸元目掛けて短剣をかざす。

そのまま、朱虎を突き刺そうとした。

もしも封印剣に受け入れられなかったら――、剣は、確実に、死を与える。

血だまりに倒れる賊の姿が、朱虎と重なる。

嫌だ、絶対に、嫌だ！

碧泉は痛みを無視して立ち上がった。思考回路は滅茶苦茶で、何を考えるべきなのか、何に傷付くべきなのか、何もわかっていない。ただ、朱虎を守りたい――。

決死の覚悟で青磁へ飛び掛かった。想定外だったのか、青磁は驚きに目を剥く。二人重なって床へ倒れた。衝撃に息が詰まる。自力で起き上がるよりも、朱虎に抱き起こされる方が早かった。

「――っ！」

「朱虎…？　どうし……、」

朱虎が零れんばかりに目を見開いて、何かを訴えている。

視線の先では――、封印剣が碧泉の胸に、深々と刺さっていた。飛び掛かった衝撃で、剣を受けたらしい。青磁は床に倒れたまま、愕然とした様子で固まっている。

貫かれた胸は、痛い。しかし、不思議と穏やかな気持ちでもあった。

碧泉はふわりと微笑んだ。

「朱虎、抜いてくれる？」

朱虎は緊張した面持ちで頷くと柄を握った。

ゆっくり胸から引き抜かれていく。じわりじわり熱が集まって、躰が震えた。全身の細胞という細胞が、歓喜して迎えに行っているみたいな感じ。同時に刃は淡い光になって、碧泉の躰へとけて。

やがて完全に刃を失い、躰から離れた。

胸の中心に、痺れに似た痛みがある。怪我はない。ただ長い間、空白になっていた部分が急に埋まったから、痛いのだ。治りかけの傷が疼くのと同じ。

瞳を一度閉じる。目の奥も熱い。血液全てが入れ替わったみたいな気さえする。頭が冴えてくる。今自分が何をすべきなのかが、見えてくる。

目蓋を上げた。長い間かぶせられていた薄い膜が取り除かれたように、世界はくっきりとしている。

碧泉は朱虎から刃のなくなった封印剣を受け取ると、立ち上がって青磁の下へ向かった。二歩で辿り着くとしゃがんで、正面から青磁と向き合う。青磁はその場に硬直して、動こうとしない。まるでこの世の終わりを見たような顔をしている。

青磁は自分が思っていたよりも、よほど人間じみていて、冷酷であり、そして臆病だったのだろう。

青磁は長年、綿密に計画を練っていたに違いない。弟から王位継承権を奪取し、自分が王座に着く、その計画を。慎重に事を進めて、人脈を作って、場を整えて。

ただ、いくつか計算違いがあった。

一つは朱虎の存在だ。彼がいなければ、あのまま碧泉は売られていただろう。二度と立ち上がれない絶望に呑み込まれていた。朱虎がいたから、帰って来られて、前を見ていられた。

そしてもう一つ、青磁に迷いが生まれてしまったことも、想定外だったろう。

碧泉の排除には失敗しても、ずっと焦がれていた王位継承権は手にした。ならば後は封印剣を自らの胸に突き立てればよかった。瞳の色が変わっても、周囲は大して驚かなかっただろう。碧泉は賊に剥奪される失態を踏んだ。王族の血が緊急事態に反応して、次に相応しい青磁に異例の資格を与えたのだと、多くの人は信じてくれただろう。

しかし、青磁はしなかった――違う、できなかったのだ。

奪った後に、そもそも自分に王たる資格があるのか、自信が持てなくなったのかもしれない。或いは卑劣なやり方で手に入れた自分では受け入れる資格がないのではないかと、怯えたのかもしれない。

どれが真実なのかわからない。はっきりしているのは、奪ったにも拘わらず、使いもせずただ傍らに置いていた事実だけ。その事実こそが、使えなかったことを証明している。

宿屋の夫婦の一件は、もしかしたら青磁の覚悟の表れだったのだろうか。夫婦に、ここに訪れてくる者を始末できたら声を返そうと、焚《た》きつける。碧泉から朱虎を排除し、先に進む為の、布石、覚悟。それでも、封印剣は、まだ使えないままで。

――可哀想な人。

日の前の兄を、はじめてそう思った。尊敬してきた、憧れていた、真実だ。しかし、だからこそ憐れに思うのもまた、真実だ。

もう少し、残酷になれたら。もう少し、人を信じられたら。或いはもう少し、出来が悪かったら――、このようなことには、ならなかっただろうに。

手の中の封印剣には、まだまじないが生きている。はっきり見てとれるそれを碧泉は――、トンッ、青磁の胸へ突きつけた。

ずるりと引き抜けば、青く、錆の浮いた刃が現れる。可哀想な、人。王の息子として、青磁の奥底に眠っていた王位継承権は、もともとは錆びていなかっただろうに。よこしまな行いをしたせいで、自ら錆びさせた。

碧泉は立ち上がると、一人で恵風の間に向かった。一歩近付く毎《ごと》に懐かしい香りがする。頭の芯《しん》がとろけそうに甘い、少し、朱虎との夜を思い出すような香り。

扉を開ける。足を踏み入れれば茹《ゆ》だるような暑さが恵風の間を支配していた。室内は真夏の青空を映した群青《ぐんじょう》色に染まって、淡く輝いている。

ここにずっと、来たかった。ずっと呼ばれていたのだと、ずっと訪れたかったのだと、魂が歓喜に震える。

開けっ放しの扉の向こうには、見守る朱虎と、呆然とこちらを見ている青磁がいた。

碧泉は部屋の中央に錆びた剣を置くと、一際輝きを放つ柱へ近付いた。胸元の高さにぽっかりと空間があって、輝く宝玉が鎮座《ちんざ》している。青空を象徴した色の、丸い宝玉をそっと両手で持ち上げた。

途端、眩いばかりの光が宝玉から溢れ出す。恵風の間だけならず、朱虎と青磁のいる場所まで染める、碧と翡翠の光。それはこの世界の、全ての季節を包む、空と海、生命の色だった。はじめて父に連れて来られた幼い日、美しい光景に息を呑んだ。涙が自然と溢れ、畏怖《いふ》の念さえ抱いた。父は『それでいい』優しく頭を撫でてくれた。畏れを抱き、美しいとあるがままに感じ、四季に感謝をして生きていくのだと、教えてくれた。

溺れそうな光に照らされながら、碧泉は秋の柱へ向かう。宝玉はひやりと冷たい。けれども触れた指先、手の平から、見えない何かが躰中を駆け巡って、自分の躰の一部みたいに感じた。

ゆっくりと、秋の柱へ宝玉を移した。

「……遅き秋を、迎えさせたまえ」

呟きに反応したように、宝玉がきらりと輝きを増す。カチリ、止まっていた時計が動き出すのを、碧泉は頭の中で聞いた。

宝玉は色付く秋の植物を象徴するように、徐々に緋色へ変化した。恵風の間も全て緋色に染めると、しん、と静けさがやって来る。同時に室内から暑さは消え、涼しさが支配する。よく耳を澄ませば、地上からは雨がそぼ降る音も聞こえた。間もなく、秋がやってくる。

青く錆びた短剣を残して、碧泉は部屋から出た。

青磁の目の前に立つ。彼はまるで魂を抜かれたみたいに腑抜けていた。床に膝をついたまま、ぼうっと碧泉を見上げる。そこには碧泉が尊敬した人の面影は見つけられない。兄をこんなにも小さいと感じる日が来るとは、思わなかった。

青磁の気持ちはわからない。わかってはいけないとも、思う。自分はたしかに最初から恵まれていた。だからといって奪われる筋合いはないし、結果として与えられた絶望は深く碧泉の心を抉った。

けれど絶望も、全て含めて自分だから、今を生きてきた自分の欠片だから、何一つ封じずに今日までを歩いた。

今更、青磁を責める気も、彼の心を聞く気も、碧泉にはない。

なぜなら自分は、やらねばならないことがあるから。

「……第一王子、青磁。朱虎の声を奪った封印剣は、どこにある？」

青磁はぼうっとしたまま「我輩の部屋に、ある」ぽつりと呟いた。最初こそ、湖にでも捨てようと思ったが、いずれ何かの取引で使えるかもしれない、と考えた。途切れ途切れに青磁は語った。

内心ほっと息を吐いた。後ですぐに、取り戻しに向かおう。その前に、まずは青磁に告げなくてはならない。

ゆっくりと唇を開く。出来る限り、言葉に感情が乗らないように、淡々と、碧泉ではなく、弟でもなく——、王として。

「——第一王子青磁、貴殿の中にありし王位継承権は、悠久《ゆうきゅう》に恵風の間に封じられることとなった。たとえ朕《ちん》から再び奪取しても、貴殿にはもう受け入れる器もなく、死に至るだけであろう。全ての結末は、貴殿の導きしこと。……貴殿に命ずる。我が国からの悠久の追放を」

青磁はうな垂れるように俯いて、何も言わなかった。逃げることも、歯向かうことも、全て諦めたように、ただその場にへたり込んでいた。


「……朱虎、王とは人でありながら、時に人としての体温を持っていてはいけないことがあるのだね」

青磁を地下牢へ移して春の宮殿に向かう道すがら、碧泉は静かに言った。答えがまだ聞こえないことは知っていたけれど、言わずにはいられなかった。朱虎の前だとつい、王子でも王でもない、碧泉としての言葉が出てしまう。

朱虎はじっと碧泉の顔を見つめたのちに、ぎゅう、ときつく抱き締めてきた。突然のことに驚いたものの、あたたかい躰は心を落ち着けた。お前が体温を失った時は自分が傍にいてこうしてやると思ってくれているのが、言葉がなくてもわかって。

碧泉は目を細めながら「ありがとう、朱虎」礼を紡いだ。すると朱虎は何を思ったのか、今度はひょいと碧泉の躰を抱え上げた。

「わっ！　急に、何……」

肩に乗せられ、がっちりと両腕で支えられた。一見不安定な姿勢なのに、たくましい躰は不安を与えない。それどころか、どこよりも安心できる場所に思えた。

とはいえ、突然の行動に驚く気持ちはあるわけで。

「どうしたの、急に」

朱虎がゆっくりと唇を開く。口の形で、彼が「休め」そう言っているのがわかった。顔色でも悪かったのだろうか。指摘をされてはじめて全身を包む倦怠感《けんたいかん》に気が付いた。

どうやら王としてはじめての仕事は、知らぬ間に碧泉を疲弊させていたらしい。

「……ん、ありがとう。では、移動中はお言葉に甘えるよ。朱虎、春の宮殿に戻ったら、まずは誠に僕の私兵を出させよう。秋の宮殿を包囲し、お前の封印剣を取り戻すのと同時に、従者たちを全員捕らえる。闇夜に乗じれば、少人数の私兵でも充分可能だ」

朱虎が微かに顎を引いて頷いた。歩くたびにふわふわ揺れる彼の髪に片手を置いて、あとは朱虎に身を任せきって。

春の宮殿は、夜にも拘わらず妙に騒がしかった。人の少ない碧泉の住処では珍しい。不穏な空気を感じ、急いで騒ぎの下へ向かった。すると広間では、なぜか柱に縛られた蓮がいた。

青磁とともに彼女が現れなかったことも頭の片隅で引っ掛かっていたが、こんなところにいたとは。

彼女は縛り付けられたまま、誠と言い争っていた。

「何をしているの？」

「碧泉王子ッ！　実は先ほど、蓮が碧泉王子のお部屋に忍び込んで――」

「うるさいわね！　やましいことがなければ少しお邪魔するくらい、構わないでしょう！　ただの興味本位だと――」

こちらを見た誠と蓮が、息を呑んだ。かがり火の中、碧と翡翠の瞳は、はっきり見えただろう。たちまち誠は顔を歪め、大粒の涙を流しはじめた。

「あ、あ、あい、碧泉王子ッ……、お、お久しう、ございます」

その場に跪いて号泣し続ける。ああ、自分が思っていた以上に、彼に心配を掛けていたのだな、と知った。

朱虎に下ろして貰ってから、碧泉は「ただいま、誠」慈愛を込めて答えた。感極まったように、誠がますます泣く。涙を拭おうと、手を伸ばした。

「――ッ青磁王子は！　青磁王子はどうしたの⁉」

金切声《かなきりこえ》で蓮が叫んだ。きつく縄で縛りつけられているにも拘わらず、抜け出そうと必死の形相でもがき出す。誠が慌ててそれを制するべく、手にしていた剣の切っ先を蓮に突き付けた。

この瞳を見て、真っ先に青磁を思い浮かべる――、やはり彼女は、事の全貌《ぜんぼう》を知っているのだ。恐らく、今日成される予定だったことも。だからこそ、ここで別の目的を果たそうとしていたのだろう。

考えられるとすれば――、碧泉は口を開いた。

「青磁には、しかるべき処分を受けて貰うよ。次期国王から王位継承権を奪った挙句《あげく》、闇競売や賊と癒着《ゆちゃく》していた責任は取って貰わねば、ね。……蓮、お前は大方、僕の部屋に青磁にとって不都合な物がないか、念の為探しに来たのだろう？　けれど、もう無意味だ。まぁ、元からそのような物は、持っていないけれどもね」

「っ！」

「碧泉王子！　それは本当ですか⁉」

絶句する蓮、驚愕する誠、ざわめく従者たち。「静粛《せいしゅく》に、」碧泉が言うとようやく、その場が静かになった。

「詳しい話はまた後でするけど、真実だよ。青磁は今、地下牢にいる。……誠、これから秋の宮殿を私兵で囲み、従者たちを一通り捕縛する。恐らくそこにいる蓮と同じく、知っていながら協力を続けた者がいるだろう。その者たちにはしかるべき処分を、何も知らなかった者も暇を取らせるが、仕事と住処は確保させて」

誠は袖口で顔を拭うと、力強く頷いて飛び出して行った。碧泉は残っていた従者たちにも蓮の見張りなど指示を与えると、朱虎を連れて秋の宮殿へ向かった。

呆気ないほど簡単に、秋の宮殿の従者たちは捕らえられた。碧泉と朱虎は二人、青磁の部屋にいた。久しぶりに訪れたそこは相変わらず壁一面にたくさんの封印剣がある。ただ、飾られていたのは、依頼者のものではなく、ほとんどが青磁のものだった。気付かなかった。でも思えばここにはじめて招かれたのも、王たる瞳をなくしてからだった。

これまで青磁は、幾重もの封印を自分に施《ほどこ》していたのだ。弟を妬《ねた》む気持ちも、自身への劣等感も。作り上げられた温厚篤実な第一王子像は完璧だった。でも、どろついた気持ちは繰り返し生じたのだろう。碧泉が存在する限り、自身が王になれない限り、終わりなく溢れる。一人まじないを掛けて胸を貫く、気が狂いそうな繰り返し。

与えられた優しさは、ある意味で本物だった時もあったのだ。碧泉は複雑な気持ちを静かに呑み込むと、壁の隅に飾られた短剣を一つ手にした。

「朱虎、これがお前の声が封印された剣だよ。……僕を信じてくれるのなら、じっとしていて」

封印剣に何が封じられているのかは、封印師か、王たる瞳を持っていなければ見抜けない。朱虎にとって剣を突き刺されるのは、恐ろしい行為に違いない。碧泉の言葉が偽りなら、死ぬ可能性もあるのだ。だから碧泉は、確認せずにはいられなかった。

つい弱気になったのは、まだ、自分の本当の気持ちを告げていないからだ。まずは朱虎が奪われたものを取り戻すのが先だと思ったたし、あの時伝えたら、まるで弱っているところを狙ったようで嫌だった。

しかし、碧泉の心配を一蹴《いっしゅう》するように、朱虎は剣を握った碧泉の手首を掴んだ。そのまま自分の胸の中央に真っ直ぐ、位置を定めさせる。早くしろ、そう言わんばかりの眼差し。碧泉は拍子抜けして、肩を竦め小さく笑った。

朱虎の真っ直ぐな信頼を、自分の方が信じられていなかった。あんなにも手酷く傷付けたのに、それでも信じてくれるのが、信じられなかったのだ。

恥ずかしい。でも、それならこれからは何があっても、信じればいいだけだ。

「……朱虎、いくよ」

「――っ」

胸へと沈ませる瞬間の感覚は、何とも言えない。恐怖も感じる。でもゆっくりと引き抜けば、刃は光の粒となって消えて、なくなる。

「っ碧泉、碧泉！」

久しぶりに鼓膜を揺らす声は、この世の何よりも好きな声で。碧泉は短剣の柄を放り投げると、朱虎を抱き締めた。苦しいぐらいの力に抱き返される。けれど、それが気持ちいい。しあわせだと全身が叫ぶ。

肺一杯に彼の匂いを吸いこんでから、視線を真っ直ぐに向けて「朱虎」名前を呼ぶ。

ありったけの想いを込めるから、どうか少しでも、伝わることを祈って。でも、もし伝わらなければ、何度だって伝えよう。

「朱虎、たくさん傷付けてごめん。……僕はね、朱虎のことを、愛して、いるよ。だからこそ──っん、」

傷付けた理由を説明しようとすれば、そんなことはどうでもいいと、かき消すように唇を重ねられた。朱虎の大きな手が碧泉の後頭部と腰を支え、深く、深く、口付けてくる。

唇を割った朱虎の舌を絡められると、ぞくぞくする。ざらついた舌が妙に気持ち良くて、自分からも求めた。舌の表皮をこすり合わせて、絡める。舌根を突かれて、ひくんと震えれば強く吸われる。やわく甘噛みをされる。唾液を混ぜ合わせ飲み合う。

呼吸さえ忘れて、夢中になった。頭の芯が痺れてぼうっとした。気が付けば朱虎の首に手を回して、しがみついていた。一生、このままでいられたらいいのに、そう望んだ。

境目さえあやふやになった頃に、ようやく唇を離した。二人の舌の間を銀糸が伝って、中央に丸い粒を光らせ、ぽたりと床に落ちて。

「…………碧泉、もう一度、言ってくれ」

熱っぽい眼差しで見つめられる。その表情は卑怯《ひきょう》だと思う。何でも言うことを聞いてしまいそうで。もっともそうでなくとも、可愛い懇願くらい、叶えてしまうだろう。

そのくらいに、愛しいのだ。

「……愛しているよ、僕の朱虎」

ぎゅう、再び朱虎が抱き締める力を強め――、かと思えば、脚が宙に浮いた。

「わっ！　朱虎ッ！　また、何⁉」

「碧泉、もうお前が指示を出すことも、直接行うことも、今宵はないだろう？」

「それは、そうだけどっ！」

答えを聞くや否や、朱虎は碧泉を抱えたまま駆け出した。ぽそりと「こういう時、虎に戻れないのは、いささか不便だな。後で戻してくれ」頼みながらも、走るのをやめない。

「急に、どこへ行くの⁉」

「決まっている。碧泉の寝所だ」

思わず「え、寝所？」と聞き返せば、朱虎は喜びに満ちた顔を見せた。底抜けに明るい笑顔に見惚れていると、更に続けて朱虎は言うのだ。

「俺も碧泉を、唯一、愛している。だから寝所で愛したい」

ボッと顔が火照る。改まって言われることがこれほど羞恥をかき立てるとは。

碧泉にできたのは、朱虎の胸に顔を埋め「……なら、もっと早く走って」と負け惜しみと本音を混ぜて返すことだけだった。

耳の縁まで赤いのは、夜でも隠せなかったけれども。

寝所の床には点々と二人分の装束と宝飾品が転がっていた。辿って行けば薄布で囲われた寝台に到達し、裸で抱き合う碧泉と朱虎の姿があった。しかしそれは、発情期とは違い、たっぷりと会話を交えた穏やかな行為だ。

「口が利ける、というのは、いいな」

「ん…？　まぁ、話せないのは不便が多いだろうね。ああ、宿屋の夫婦の剣も兄様……、青磁の部屋にあったから返して、ンぁッ」

ちう、と既に尖りきった胸を吸われ、甘い声が零れた。

「他の人間の話は、今はするな」

わかりやすい嫉妬に、ぞくりと快感に似た疼きが背筋を駆け上がった。くすくす笑いながら朱虎の頭を抱き締める。やわらかな金髪が腕に絡まるのがいい。くしゃくしゃに掻き混ぜたくもなる。この髪を乱せるのは自分だけで、整えてやるのも自分だけでいい。

「ふふっ、そうするよ。それで、どうして改めて口が利けていいって言い出したの？」

「決まっている」

頭がもぞりと動いて、躰がずり上がる。今度は正面から見つめられて。

「碧泉の名前を何度でも呼べる。何度でも、好きだと言える」

花の蜜を煮詰めたみたいに甘く、やさしい眼差し。とろんとした微笑みまで浮かべて言われるのだから、堪ったものではない。普段はわりと口数も少ないし無表情な性質《たち》なのに、どうしてこういう時は雄弁になるのだろう。

　躰中が発火するようだ。せめて顔を見せまいと、朱虎に抱き付いて隠した。触れ合う肌はなめらかで心地よい。でも、気持ちいいだけでは終わらない、快感も秘めている。先ほど吸われた胸の頂きは擦れると疼痛《とうつう》を寄越したし、それ以上にお互いの雄の象徴はあからさまに熱くて硬い。

「しかし、碧泉に競り落とされる日が来るとは思わなかった」

「へ？　ああ……、まぁ、あれは僕も予想外だったけど、あれ以外、咄嗟に方法が浮かばなかったもの」

「よかったのか」

「何が？」

　唐突な会話に、今一つ朱虎の真意が読み取れない。顔を覗けば、困ったように眉を下げていた。ふさふさの耳も伏せられている。

「その……、俺の代金として、たくさん、置いていっただろう。中には両陛下から頂いた大切な物も、あっただろう？　無論、取り返す気ではいるが、」

　ちゅ、と朱虎の口を塞いだ。まだ何か言いたそうにむずむずする唇をやわく食《は》む。下唇だけ吸えば、朱虎の虎耳がぴるっと跳ねた。静かになると口を離して、彼の頬を優しく撫でた。

「いらないよ。安いくらいだ。朱虎《おまえ》より価値があるものなどないもの。まぁ、闇競売自体はすぐに取り締まるけれどね。……ただ、困ったね、どうしよう、朱虎」

「何がだ」

「僕は決して、お前を金で手に入れる気はなかった……、けれどね、朱虎がずっと傍にいてくれる代償と言われれば、本当に安い物だったと思ってしまう。……王族としてではなく、ただの碧泉は、自分が持つ物全てと引き換えても、朱虎が欲しいのだよ」

どちらも切り離せない。

自分は王族の立場を捨てられないし、捨てる気もない。そして王族だからこそ、金という力で朱虎を取り戻せた。でも、朱虎を求めたのは王族ではなく、碧泉の魂が欲しがったから。

朱虎はきょとりと目を丸くすると、くくっ、と笑い出した。予想外の反応に今度は碧泉が目をまたたかせた。

「ふっ、すまない……、今更過ぎて、驚いた」

「今更？」

「ああ、もうとうに、俺は碧泉のもののつもりだったぞ？」

朱虎の唇が綺麗に弧を描く。潔いくらいはっきり彼が言うものだから、碧泉は呆気に取られた。

「だが、そうだな、せっかくだから、貰おうか」

「……何を？」

「もちろん、碧泉を。……ただの碧泉を、俺にくれないか」

返事は口付けでいい。隙間なく吐息を重ね、目が合うとうっとり微笑んだ。触れるだけで満足できなくなるのは当然で、すぐに口内に侵入した。お互いの手も不埒《ふらち》に動きはじめる。

「ん…ッ、ぁ、ふ」

他人の口がこんなに気持ちいいなんて、知らなかった。違う、朱虎の口だから気持ちがいいのだ。頭がふわっとして、躰から重さがなくなって、空にも浮かべそうな心地。でも、空なんか興味がない。興味があるのは、目の前の彼だけ。

「夢みたいだ」

頬をほの赤く染めて、朱虎が言った。「夢？」思わず聞き返せば、朱虎は頷く。その間にも手は碧泉の胸を撫でていた。

「宮殿を出て独りになった時、また発情期がきて、しばらく森でうずくまっていたんだが」

「え、そうなの……、あ、」

はたと思い出す。どうしようもない熱に苛《さいな》まれて、独りで処理した日のことを。まさか自分の躰が疼いて堪らなかったのは、朱虎が発情期を迎えていたから、なのだろうか。彼と交わったゆえに、共鳴した、とかもあり得るのだろうか。

問い掛けた時「碧泉のここに、」と朱虎が碧泉の腹を示した。大きくて、肉刺《まめ》のある手が、いとおしげに触れる。

「もう一度入りたいと願っていた」

熱に潤んだ緋色の瞳に射抜かれた。

——完敗だ、卑怯だ。

騒がなかった自分を、碧泉は尊敬する。そんなことを言われたら、求められたら、もう、絶対に離してやれない。

下から手を伸ばして、ついでに足も腰に回して、朱虎の躰を引き寄せる。大きな彼の躰がかぶさると重たいけど、その苦しさが心地よくもある。苦しいのに気持ちがいいなんて、自分の躰をおかしくしたのは間違いなく、朱虎だ。

「ンッ！　碧泉？」

朱虎の尻尾を掴むと、やわやわ上下にこすった。毛が逆立ったり、滑らかになったりを繰り返す。付け根の方はくすぐったいのと気持ちいいのと両方あるらしく、彼の躰が強張った。はぁ、湿った吐息が耳に落ちて、ぞくぞくした。くちゅりと腹の間で濡れた感触がする。背が違い過ぎて、顔を擦り寄せていると、お互いの物は重ならない。でも、朱虎の肌にくっついている、その事実だけで気持ちがよくて、尻尾をいじりながら躰をもぞつかせた。

「んっ……あ、」

朱虎が躰の位置をずらすと熱い昂りが後孔に触れた。それだけで体温が一気に上がった。くちくちと先走りに濡れた先端で何度も口付けられると、腹の奥底が疼き出す。沸々と躰が煮えて、とかされていく。待ち望んでいた彼の存在に、碧泉の躰は反応して、とろりと内壁が潤い出した。うろたえる気持ちはもうない。それどころか、朱虎を迎えられることに自分は歓喜していた。

それなのに、朱虎は一旦離れると、自らの指を口に含みはじめた。碧泉は堪らずその手を掴んだ。

「碧泉？」

「いらない、から……」

「だが、苦しい思いはさせたく」

「っ大丈夫だから、早く…っ、はやく、ちょうだい。朱虎で、いっぱいにして…ッ」

朱虎がごくりと唾を呑んだ。

大切にしようとしてくれるのは嬉しい。優しく抱き締められるのはしあわせで、うっとりする。でも、躰はわがままなもので、優しいだけでもいけないらしい。もっと、もっと、求めて欲しい。だってこんなに、朱虎が欲しいから。

うつ伏せにされ掛けて、碧泉は「待って、」舌っ足らずに引き留めた。

「このまま、がいい…、朱虎の顔、見たい、から」

発想がなかったのだろう。朱虎は微かに驚いた顔をした。けれど瞳に劣情をにじませて、碧泉を見た。ぎらぎらと、獲物を見付けたみたいな鋭い眼差し。その瞳がいい、たまらない、そんな表情をさせているのが自分だと思うと、興奮で叫びたくなる。

ひたりと熱が当てられる。ぐっと腰が掴まれると、後孔が限界まで拡がって、ゆっくりと朱虎が入ってきた。

「あ、は……ぁ、あけとら」

息が詰まりそうな圧倒的な存在感に貫かれる。目の前がぼやけて、夢中で朱虎の背に手を伸ばした。痛みはない、ただ、熱の逃し方がわからなくて頭がおかしくなってしまいそうだ。

「っふ、碧泉」

眉間にシワを寄せて、快楽に耐える朱虎が艶っぽくて好きだ。ゆらりと片手を伸ばせば朱虎が頭を屈めてくれて、髪に触れる。やわらかな髪を撫で、耳の根元をくすぐる。咥え込んでいる朱虎のものがびくりと跳ねる。彼の一挙一動がわかるのが嬉しい。喉を唸らせると朱虎は、そのまま最奥まで貫いた。

「っぁあああ！」

押し出されるように、甘く高い声が上がる。隙間なく自分を支配する存在感に、泣きそうなくらい、満たされた。息苦しさはある。呼吸をするたびに、腹に埋められた熱が存在を主張する。でも、同時に気持ち良くて、とろけてしまいそうで。

捕食される行為は恐ろしいし、苦しくもあるのに、もう碧泉の躰は喜びしか感じない。朱虎に作り変えられた躰だ。

——本当は王族として、考えるべきことがたくさんある。

誰かがこの場を覗いたら、第一王子を弾劾《だんがい》した直後に、何をしているのかと呆れるだろうか。けれど今は、自分に向けられる真っ直ぐな愛に浸らせて欲しい。

誤魔化していると言われてもいい。朱虎を愛しているのは覆せない真実だ。そして青磁の裏切りに心がずたずたに切り裂かれたのもまた、真実なのだ。

朱虎がいなかったら、自分の心はとっくに壊れていた。でも歩くのを止めることは立場上許されず、人形のように生きたに違いない。

兄を国の為に処分すると決め、自分に王たる証が戻って来た以上、碧泉は王座に就く。拙いなりにも責任を持って務め上げよう。今更返り咲くのかと陰口を叩かれようが、気にすまい。ただ、自分が死んだ時に、あの人が王でよかったと思って貰えるような王となろう。

明日になれば、従者たちに指示を与え、叔父にも事を報告し、王として動きはじめる。泣き叫ぶ暇などない。朱虎もそれをわかっている。だからこそ今、誘いを掛けたのだろう。ここでなら、泣くことも許されるから。

碧泉は、王となる――、だが、一人の人間でも、ある。

だからせめて今は、許された今だけは、愛しい人との熱に溺れさせて欲しかった。熱に溺れながら少しだけ、涙を流させて欲しかった。

朱虎の両手が、碧泉の手に重ねられる。指と指を絡めながら、深く、長い絶頂を二人は味わった。

長雨が明けた晴天の日に、碧泉の戴冠式が行われる運びとなった。

先代国王の急な訃報《ふほう》に民は驚いたものの、長く苦しい夏から解放されたおかげで、心にはゆとりがあったらしい。次期国王の戴冠式の布令を併せて出せば、想定したほどの混乱はなかった。

恐らく、たびたび政務の為に町中に姿を見せていた碧泉の瞳が、碧と翡翠になっていたのも一つの効果があっただろう。時が来て、なるべくして王たる証が現れたのだと、民は噂したのだ。

「……誠、もう少し控え目でもよくないかな？　宝飾品で、躰が重いのだけれど」

戴冠式を迎えた今日、誠を中心とした従者たちによって、碧泉はこれ以上ないくらい着飾られていた。白地に碧で彩られた装束と翡翠のマントを羽織らされ、あちらこちらに同じ色の宝飾品を散らされて、きらきら眩いし、重たい。

「何を言っているのですか、碧泉陛下！　これでも控え目なくらいです！　本当ならば髪飾りもつけたいところですが、王冠を戴くのに邪魔ですからね……。そうだ！　杖も持って行かれてはいかがですか⁉」

どうやらこの日を心から待ち望んでいた誠にとっては、物足りないくらいのようだ。

苦笑を浮かべ、碧泉はやんわり断った。

「碧泉陛下、朱虎殿の支度も整いました！」

控室にやってきた獣人の従者が言った。「ご苦労様、じゃらじゃらしたのは嫌だと、手が掛かっただろう？」と従者を労わった。

「そこは数の力で何とか！　あとはせっかくの陛下の晴れの日という言葉がききましたよ。まぁ、耳飾りだけは頑なに嫌がりましたが」

あの敏感な耳に何かをつけるのは相当嫌がっただろうと思って、碧泉はくすりと笑った。

「……殊《こと》の外《ほか》、緊張はしていなさそうだな？」

出入口の方から聞こえた声に、碧泉は振り返った。朱虎がどこか居心地悪そうな顔で立っている。それがおかしくて、また笑いが零れる。

「ふふっ、誰かさんのおかげでね。でも、……うん、いいね。とても美しい」

朱と黒の装束は、朱虎によく似合った。碧泉の隣に並ぶと色の対比が目立つことだろう。いつもと違い、彼の頭には帽子もなく、それどころか下衣からは尾が出ていた。獣人であることをみじんも隠さない格好だ。

「それなら、碧泉の方が遥かに美しい。全ての色が、碧泉の為に存在しているようだ」

あまりにも臆面なく言うものだから、傍にいた従者の方が照れくさそうにその場を後にした。

朱虎が直球なのは昔からだ。いちいち反応していたら、身が持たない。とはいえ、ここまでひたむきに、それも本音をぶつけられるのは、やはり照れるものだ。

こほん、と咳払いをして、碧泉は火照る顔を誤魔化そうとした。

「しかし……、本当に俺が、警護とはいえ、傍に控えていいのか？」

朱虎が不安そうに訊いた。今日までの間にも、何度となく尋ねられた。

戴冠式の際、朱虎は自分の後ろに控えさせる予定だ。無論、宮殿の周りや民衆の見物の場にも警護の兵は立たせるが、一番近くで護るのは、朱虎と決めていた。

「何度も言っただろう？　僕を一番近くで護るのは、これまでも、この先も朱虎だ。何より僕も、お前を護りたいのだよ。だからこそ、お前にその格好をさせた」

あからさまに獣人であることを象徴した格好。それはこの国に深くはびこっている獣人差別を払拭《ふっしょく》する目的もあった。

多くの民が見る場で、一番王に近いところに獣人である彼を控えさせる。誰が獣人《かれ》のことを蔑むだろう？　誰が彼を否定できるだろう？

それは国に歯向かうのと相違ない。これを機に差別への終止符を打って、彼が、獣人たちが堂々と歩ける世界にしたい。碧泉にとって朱虎を護るというのは、そういうことだ。

「……碧泉には敵わない」

「あはは、よく言うよ。僕の方こそ朱虎には敵わないと思っているよ。……特に寝台では、ずっとね」

　わざと声を潜めて挑発的に囁けば、朱虎が顔を真っ赤にさせた。珍しいものが見られて、碧泉は上機嫌になる。朱虎は何かを言おうとして口を開いたもののまた閉ざして、ただ深くため息を吐いた。その様がおかしくて、碧泉はまた喉を震わせて笑った。

「ふふっ……、ああ、そうだ。朱虎、おいで。ここに座って」

　顔を赤らめながらも朱虎は大人しく従った。碧泉は朱虎の前に立つと、自分の耳飾りを一つ外した。雫の形をした碧にも翡翠にも見える宝石は、昔、賊に奪われたと思っていたものだ。先日、青磁の部屋を整理した時に、出てきた。

　装束には使わなかった細い紐を手にすると、耳飾りの針は取り外し、留め具へ紐を通した。それを朱虎の額に飾る。頭の後ろできつく結べば、耳の邪魔にもならず外れることもなさそうだ。

「やはり、耳にも髪にも何も飾りがないのは淋しいからね、それをつけておくといい」

　朱虎はゆるゆると頭を振って額に付けられた飾りを確認してから、立ち上がった。賢い彼は昔、自分が話したことも覚えているだろう。

　従者たちは王族の色を一つ身に着け、従属を示す。でも、耳飾りだけは王族の証。それを額につけさせたのは、単に従属を誓わせるものではないことも、察しているだろう。

　だから朱虎は、誰も近くにいないことを確認すると、碧泉のうなじに掛かる髪を払って、そこに口付けを落としたのだ。

赤い、朱い、自分を象徴する色を残して。お互いが誰の物か、示して。

「……また後で」

「うん、戴冠式でね」

言葉短に別れを告げた。

間もなくしてまた誠が入って来て、何度も確認した式典の流れを再び説明してきた。まったく、誠は昔から心配性だ。でも、それが彼なりの愛なのだ。

誠にはこの短期間で、とてもよく働いて貰った。内密で実施した青磁の流刑も、それに伴う帰国する権利や、封印師の力を奪う封印剣の準備も、細かい手続きは全て誠に動いて貰った。

青磁はとある島へ流された。今は所属国のない島だが、風樹国と距離が近い為、言語は同じで住民も僅かにいる。これから身一つで渡った青磁がどのように生きていくか、碧泉は知る由もない。あとはただ、頃合いを見て民たちには、第一王子青磁は勉学の為に、他国を回ることになったと教える。無人の宮殿に入る王族については、もう少ししてから検討すればいいだろう。

苦い出来事がひと段落してからの慶事だ。そのせいか、どうにも誠は碧泉以上に緊張と興奮をしているようだ。早口で同じことを繰り返す彼に苦く笑いながらも、その姿を見ていると碧泉は逆に落ち着くのだった。

戴冠式は粛々《しゅくしゅく》と行われた。最初に朱虎が傍に控えていることにざわめきこそ起こったものの、さも当然のように進行していけば次第に静かになった。何の滞りもなく、碧泉の頭には煌びやかな冠が被せられた。頭に載せられた冠は重たい。これが国を背負う重さなのだと碧泉は気を引き締めた。

顔を上げれば、新国王の誕生に民衆が沸き立つ。民へ向き直って、軽く手を上げた。

碧泉陛下！　碧泉陛下！　呼ぶ声がとどろきはじめて瞠目《どうもく》する。

よく見れば、中には自分が政をしていた地区の人々もいて、彼らは一際嬉しそうに陛下と叫んでいた。用水路造りの作業員たちもまた、興奮した様子で手を振っている。自分がしてきたことは、多少なりと民に届いていたことを実感すると、胸が熱くなった。とっておきの笑顔で、手を振り返した。

碧泉はそのまま、四季の宮殿の三階にある露台へ場所を移した。宮殿に入れない民たちにも顔を見せる為だ。町を見下ろせば、人々が新国王の顔を一目見ようと押し寄せていた。

まだ、碧泉のことをよく知らない民もいるだろう。好奇や疑心も眼差しには混ざっている。それでも皆一様にめでたいと口々に叫び、配られた花びらを辺りに散らして、碧泉を見ている。

碧泉は民に手を振りながら、背後に控えていた朱虎に声を掛けた。

「朱虎、僕の隣へおいで」

朱虎は彼らしくもなくおずおずと碧泉の隣にきた。案の定、民衆はどよめく。けれども碧泉は気にせずに朱虎の手を取って、共に振って見せた。

「やり過ぎではないか？　戴冠式だけで充分だろう。誠など、裏で慌てふためいていたぞ」

「何を言っているの、こちらの方がよほど人も多い。お披露目はたくさんの人にした方がいいさ。明日からの地区周りの祭典でも、朱虎は僕の傍だよ」

「……碧泉には、守られてばかりだな」

「朱虎の方が僕を救っているのだよ」

「いや……、だが、これからは、何があっても離れない。碧泉を絶対に守る」

ふわりと朱虎が笑った。美しい微笑みに目が奪われる。

彼をお披露目するのは、いっそ自慢もあるかもしれない。自分はこれほど美しい彼の傍にいられるのだという、それ。そして誰にも言うことは叶わないけれど、彼の情人は自分で、自分が愛した人も彼だと言うことも。

碧泉は、朱虎にだけ聞こえるくらい小さな声で言った。

「……朱虎、僕はいずれ、子をもうける為に、妃を娶って抱くかもしれない。もしかしたら、先に他の王族から王たる証を持つ者が生まれるかもしれないけれど、恵風の間がある以上、血を繋げなくてはいけないのはたしかだ。……だけどね、朱虎。僕は他にも、道を探そう。たとえば封印師の力を活用して入れないのかとか、もっといろいろと研究しよう。でも僕は永久には生きられないから、それも期限があるだろう。或いは期限が来なくとも、国の為に妃を早々に娶らねばならなくなるかもしれない……、それでも、」

　言葉を一度切ると、朱虎の顔を真っ直ぐ見つめた。

「忘れてくれるな、朱虎。僕が抱かれたいと望み、僕が心を委ねたいと願うのは、お前だけだ」

　強く風が吹いた。碧泉のマントをたなびかせ、二人の髪を揺らす。

　朱虎は愛おしげに目を細めると、その場で膝をついた。腰元まである露台の壁に隠れて、朱虎の姿は民から見えなくなる。そして碧泉の左手を取ると、恭しく手の甲へ口付けて、答えた。

「碧泉の、仰せのままに」

　今とても、朱虎を抱き締めたいと思った。或いは抱き締めて貰いたかった。でも、それはできない。これから二人きりでもできない時も、出てくるかもしれない。まだ碧泉がやるべきことはたくさんあって、不明瞭なこともとても多い。

　きっと投げ出したくなるような時もあるだろう。それでもこの国が大切で、この国に生きる民を、彼を護りたい。だから、自分が理想と思える国を作ろう。人も獣人も、多くの民が笑って過ごせる国を。

　彼が傍にいてくれるのならば、自分には怖いものなど、もうないのだから。

　碧泉が膝をゆっくり折ると、朱虎が驚いた顔をする。構わずに自分の羽織っているマントで影を作ると、朱虎と吐息を重ねた。

それは密やかな、けれども堂々とした、これからの碧泉の生き方を示すような、誓いの口付けだった。

■あとがき■

はじめまして、或《ある》いはこんにちは。水白《みずしろ》ゆもと申します。

今回はじめての完全ファンタジー、獣人ものを書かせていただきましたが、いかがでしたでしょうか。

世界創造からはじめるのはほとんど未経験のことで、枠組みがないゆえに難しい部分も多々ありましたが、同時にいつも以上に自由に楽しく執筆できました。

最初は少し昔の時代や国外などを舞台にしようかとも考えていましたが、どうにも納得いく形にまとまらず、いっそ地球を滅ぼしてしまおう！ と思ったのが世界創造の切っ掛けでした。滅亡させてよかった、と執筆を終えた今もつくづく思います。（笑）

せっかく世界から創ったので、現代日本が舞台ではなかなか書けない闇競売も取り入れてみました。主人公である碧泉が攻めの朱虎を競り落とすシーンは、書きたかったシーンの一つでした。守られるよりも守りたい。碧泉にはそういう気持ちもありますが、そんな碧泉だからこそ朱虎は守りたいと思っています。

さて、なんとか結ばれた二人ですが、これからのことを考えると、まだ悩ましい問題がたくさんあります。

まず四季の宮殿の継承者、宮殿にいる王族の誰かから現れればいいのですが、もしかしたら青磁の下に生まれるかもしれません。はたしてその場合、青磁はどうするのか？　後継者の誕生に同じ瞳を持つ碧泉は気付くのか？

きっとそんな風に二人の物語はこれからも続きますが、お互いが一番傍にいるために精一杯生きていくのは間違いないでしょう。

そんな気高い生き様まで素晴らしいイラストで表して下さった円陣闇丸《えんじんやみまる》先生、心からありがとうございました。見れば見るだけ心を揺さぶられる美麗さに、何度感嘆の息を吐いたかしれません。

今回もいろいろと不安を聞いて助けて下さった担当様も、本当にありがとうございました。

そして何よりもこの本をお手に取って下さった読者の皆様に、深謝申し上げます。ワンシーン、ワンフレーズ、何か一つでも皆様の心に響くものがあれば、作者としてこのうえなくしあわせです。

それでは、またどこかでお逢いできる日まで。ありがとうございました。

初出
「王と緋の獣人」書き下ろし

CHOCOLAT BUNKO

この本を読んでのご意見、ご感想をお寄せ下さい。
作者への手紙もお待ちしております。

あて先
〒171-0014東京都豊島区池袋2-41-6
第一シャンボールビル 7階
（株）心交社　ショコラ編集部

# 王と緋の獣人

2017年9月20日　第1刷



著　者:水白ゆも
発行者:林 高弘
発行所:株式会社　心交社
〒171-0014　東京都豊島区池袋2-41-6
第一シャンボールビル 7階
(編集)03-3980-6337 (営業)03-3959-6169
http://www.chocolat_novels.com/
印刷所:図書印刷 株式会社

# 小説ショコラ新人賞 原稿募集

## 賞金

大賞…30万
佳作…10万
奨励賞…3万
期待賞…1万
キラリ賞…5千円分図書カード

大賞受賞者は即文庫デビュー！
佳作入賞者にも即デビューのチャンスあり☆
奨励賞以上の入賞者には、担当編集がつき個別指導!!

第14回〆切
**2017年10月6日(金)** 消印有効
※締切を過ぎた作品は、次回に繰り越しいたします。

発表
**2018年2月下旬** ショコラHP上にて

【募集作品】
オリジナルボーイズラブ作品。
同人誌掲載作品・HP発表作品でも可（規定の原稿形態にしてご送付ください）。

【応募資格】
商業誌デビューされていない方（年齢・性別は問いません）。

【応募規定】
・400字詰め原稿用紙100枚～150枚以内（手書き原稿不可）。
・書式は20字×20行のタテ書き（2～3段組みも可）にし、用紙は片面印刷でA4またはB5をご使用ください。
・原稿用紙は左肩をWクリップなどで綴じ、必ずノンブル（通し番号）をふってください。
・作品の内容が最後までわかるあらすじを800字以内で書き、本文の前で綴じてください。
・応募用紙は作品の最終ページの裏に貼付し（コピー可）、項目は必ず全て記入してください。
・1回の募集につき、1人1作品までとさせていただきます。
・希望者には簡単なコメントをお返しいたします。自分の住所・氏名を明記した封筒（長4～長3サイズ）に、82円切手を貼ったものを同封してください。
・郵送か宅配便にてご送付ください。原稿は返却いたしません。
・二重投稿（他誌に投稿し結果の出ていない作品）は固くお断りさせていただきます。結果の出ている作品につきましてはご応募可能です。
・条件を満たしていない応募原稿は選考対象外となりますのでご注意ください。
・個人情報は本人の許可なく、第三者に譲渡・提供はいたしません。
※その他、詳しい応募方法、応募用紙に関しましては弊社HPをご確認ください。

【宛先】 〒171-0014
東京都豊島区池袋2-41-6
第一シャンボールビル 7階
（株）心交社 「小説ショコラ新人賞」係

CHOCOLAT BUNKO